Les carnets de Lou-Anne

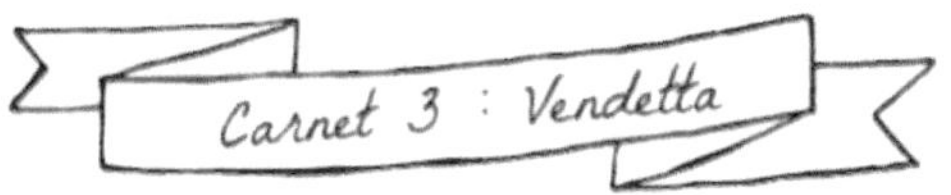

Autres ouvrages
Aux éditions Publibook

À l'aube du soleil vert, 2003
La Fleur bleue, 2004
Attention ! Un train peut en cacher un autre, 2005
El Matador, 2005
De lettres en lettres… Année 1912, 2006
Journal personnel et intime d'une nouvelle
Zingara, 2007
El Matador 2, 2013
La Citadelle des Dragons, 2014
Le journal de Lorelei, 2014
El Matador 3, 2015
De lettres en lettres… année 1925, 2015
La fleur de l'ombre, 2016

Éditions Indépendantes

Une histoire de coquelicot, 2017
La citadelle dans la montagne, 2017
Les carnets de Lou-Anne, la Louve, 2017
El Matador 4, 2018
Sans relâche, 2018
Les Citadelles T1 & 2, 2018
El Matador : l'intégrale, 2018
Les carnets de Lou-Anne, La Questrice, 2018
Le journal de Lorelei, 2019
Sans peur et sans reproche, 2019
Unis pour la vie, 2019
À l'aube du soleil vert, 2020
Un ange dans ta vie, 2020

Les carnets de Lou-Anne

Isabelle Morot-Sir

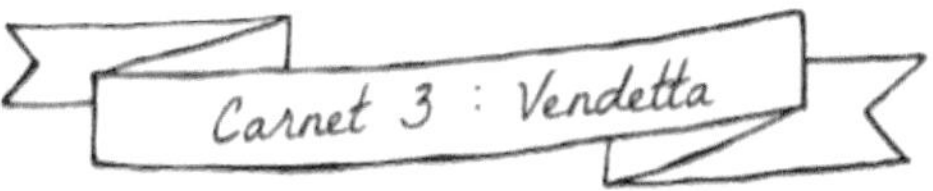

« Le corps c'est 20 %, l'esprit c'est 80 »
Lou-Anne de Malandre des Champs de France

Vendetta : nom commun féminin
Vengeance, revanche personnelle.
Emprunté à l'italien vendetta et
popularisé par le corse "vindetta",
du latin vindicta (« vengeance »).

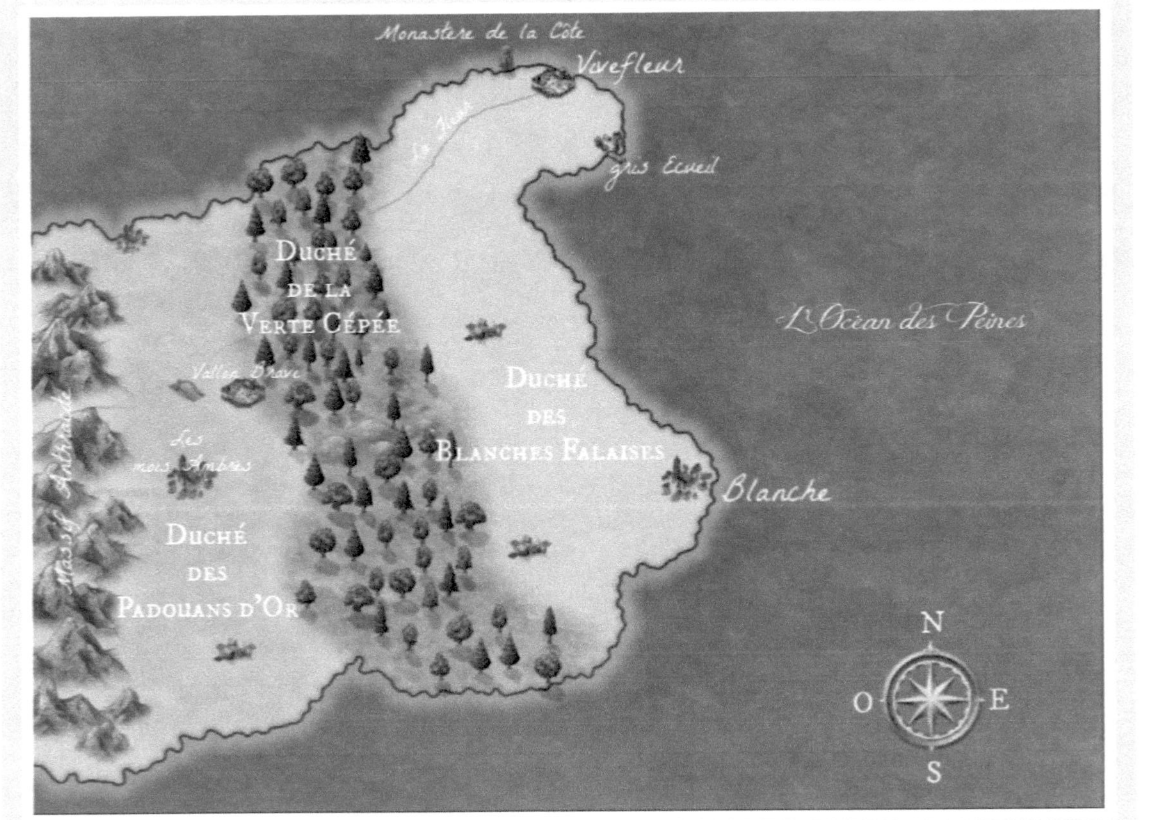

Monastère de la Côte
Vivefleur
La Verte
gris Écueil
L'Océan des Peines
Duché
DE LA
VERTE CÉPÉE
Vallée Brave
Duché
DES
BLANCHES FALAISES
Blanche
Les
mois Ambres
Massif Anthracite
Duché
DES
PADOUANS D'OR
N
O
E
S

LE SOLEIL se levait à peine, embrasant l'océan, tandis que la trière semblait glisser sur des vagues de feu. Je me cramponnais au bastingage, insensible au vent, aux embruns qui fouettaient mon visage. Je ne voyais que les falaises, qui barrant l'horizon se rapprochaient de minute en minute.

Un an. Une année complète s'était écoulée depuis l'ultime instant où j'avais aperçu la blancheur des rivages de craie. C'était à la fois hier, alors qu'il semblait que mille ans étaient passés. Aujourd'hui comme ce jour-là, mon cœur battait à tout rompre, même si les émotions qui l'agitaient étaient opposées : aujourd'hui je revenais !

J'avais survécu à tout, et même s'il me semblait être partie depuis dix ans et avoir vieilli d'autant, j'étais néanmoins là, vivante, prête à poursuivre ma vie interrompue, prête à retrouver ceux dont je rêvais nuit et jour. Ceux pour qui j'avais tenu dans ces contrées de glace, dans cette Citadelle qui n'avait rien d'un pensionnat de jeunes filles. Mais j'étais là. Amaigrie, affûtée, marquée dans mon âme et mon corps par cette année, mais peu importait j'étais là, le cœur fou, à la fois anxieuse et presque anéantie d'espérance. La côte se rapprochait.

Nous nous tenions tous, nous les Questeurs, tendus, silencieux, le visage tiré, émacié et même nos regards avaient changé. Nous n'étions plus tout à fait ceux qui étaient montés dans cette trière, un an auparavant, nous étions à présent des Questeurs avec tout ce que ce simple mot pouvait avoir de glaçant. Pourtant nous étions-là, éperdus, terrifiés, tendus vers ce point de la côte, cherchant à apercevoir enfin, ceux qui avaient occupé toutes nos pensées. Finalement la jetée fut en vue, enfin entre deux roulis j'aperçus la blancheur immaculée de la robe d'un puissant cheval, et celle d'une cape volant avec la brise. Mon cœur se décrocha. Je crispais un peu plus fort mes mains sur le bois du plat-bord, sentant le sang battre à mes tempes, tandis que mes jambes paraissaient se liquéfier. Il était là, comme il l'avait juré. Lui, dont le souvenir m'avait permis de tenir et de rester en vie.

En quelques minutes la trière fut à quai. La foule se pressait, en larmes. Le Chevalier se tenait à l'écart, stoïque et droit. Le vent emmêlait ses longs cheveux blonds retenus par un simple latigo, tandis que son regard tendu, restait braqué sur le navire. Inquiet. Enfin il me vit, mince silhouette debout à la proue. D'un coup d'œil, il engloba ma longue veste brune, mon pantalon en cuir, rien n'avait changé si ce n'était le livre de Justice que je portais à présent suspendu à ses chaînes, le long de ma jambe droite.

Sans se presser, sans me quitter du regard non plus, il poussa la foule qui s'écarta devant son énorme étalon. Lorsque la passerelle fut en place, une fois le navire amarré, il sauta à terre et s'avança seul. Nul ne lui refusa ce privilège. Il était un Chevalier et si cela n'avait suffi, sa carrure aurait fait force de loi. Je respirais, si heureuse de le voir que je croyais m'évanouir. Pourtant, lorsque j'avançai vers lui je ne tremblais pas. J'avais tant rêvé ce moment. Cet instant avait réussi à me tenir vivante tout au long de ces mois interminables. Tout se déroulait comme dans un ralenti cinématographique : les vagues qui clapotaient contre la jetée en pierre, les mouettes perchées sur les bites d'amarrages rouillées, qui observant le monde, scrutaient l'apparition d'un poisson.

Dans un lent slow-motion je fus dans ses bras. Enfin. Je retrouvais la rudesse de ses baisers et rien d'autre ne comptait. Uniquement lui et moi, ensemble à nouveau. Peu importait la pluie qui s'était mise à tomber et ruisselait sur nos visages, emportant mes larmes de joie, balayant nos visages de la force salée des embruns. Nos baisers avaient le goût du sel, de la mer et des larmes.

— Je suis revenue, murmurais-je

— Je n'en ai pas douté une seconde ! rugit-il avec une confiance qui me fit trembler.

— J'ai tenu grâce à toi, en pensant à toi, à chaque instant. Tu m'as donné la rage de m'accrocher, tu m'as tant manqué Renan…

Il me serra un peu plus fort contre lui, m'étouffant presque. De sa voix rude, il chuchota à mon oreille :

— Tu m'as manqué aussi, ma Louve…

Je l'embrassais à nouveau dans un baiser mouillé au goût d'iode et de pluie, tandis que là-haut, mouettes et cormorans criaient dans le vent.

— Je t'aime Renan, avouais-je enfin, après avoir tant attendu pour le lui dire.

Il me serra contre lui, m'embrassa dans le cou, se raidissant pourtant. Je croisai son regard gris, voilé soudain par une étrange émotion.

— Je t'aime aussi…, lâcha-t-il dans un souffle rauque que son accent rendait plus rude encore.

Ce fut un instant presque parfait, si ce n'était la subtile retenue que je percevais en lui et que je ne voulus pas remarquer.

— Allez, viens, on ne va pas rester sous la pluie, fit-il en m'entraînant vers les chevaux, restés à l'écart.

J'approuvais, songeant qu'en effet nous avions des mois de tendresse à rattraper. Je posais néanmoins une main sur son bras sévèrement couvert par de solides canons d'avant-bras en cuir.

— Donne-moi une minute, j'arrive.

Puis je me retournais afin d'aller saluer mes collègues Questeurs, dans un au revoir que nous seuls pouvions comprendre. Ces hommes et ces femmes, hier encore simples pêcheurs, artisans ou soldats étaient aujourd'hui investis d'une mission de Justice. Nous avions tant souffert afin d'être là, mais nous avions survécu à jamais marqués, à jamais frères et sœurs unis dans un même creuset, tendus vers un seul but. Nous nous sommes sobrement serré le bras gauche, à la manière Darvar, d'un geste pourtant empreint de solennité. Peut-être ne nous reverrions-nous jamais, nous resterions cependant unis, liés par ces expériences et par ce que nous étions à présent : des Questeurs.

D'un pas lent, je laissai derrière moi cette année afin d'avancer vers un futur incertain, mouvant et qui pourtant m'apparaissait sous les meilleurs auspices, sans doute parce que mes rêves se juxtaposaient avec la réalité. Renan me tendit les rênes de mon joli hongre, Boutade, que je peinais à reconnaître tant il me parut sage ! J'entourai son encolure de mes bras, l'embrassant avec un bonheur dont il n'avait cure. Renan me lança un coup d'œil un brin goguenard, tandis qu'il sautait en selle de son solide Téméraire. Je glissai moi-même un pied dans l'étrier, me laissant couler dans ma selle à piquet avec un plaisir ineffable. Retrouver mon cheval, retrouver le plaisir de chevaucher botte à botte avec Renan c'était renouer avec ma vie. Malgré la pluie qui redoublait, tombant de plus en plus drue sur nos épaules, je ne pouvais m'empêcher de sourire, sourire à Renan, à ce bonheur présent qui avait tout occulté. J'étais revenue, Renan était là, c'était tout ce qui comptait, du moins que je pensais essentiel.

Nous marchions paisiblement depuis quelques minutes, traversant le village de Gris Écueil battu par cette pluie et ce vent venus de l'océan. Ni l'un ni l'autre n'y prêtions attention, envahis de pensées qui se mêlaient et s'entrelaçaient. Les pas de nos chevaux claquaient sur les mauvais pavés des ruelles, mais je crois qu'en cet instant nous ne remarquions rien, en dehors des promesses faites par nos regards joints. Une sorte de sourire éclairait ses yeux gris, se reflétant imperceptiblement sur son visage, dont les traits durs, ne l'étaient plus autant.

Je voyais sans les voir les façades de bois et de galets des maisons des pêcheurs, laissant peu à peu tomber toute cette hargne qui m'avait tenue en vie durant ces derniers mois. Je profitai de ce moment où enfin, je pouvais souffler. Boutade avançait d'un pas uni aux côtés du grand étalon Darvar, tandis que la pluie ruisselait sur la croupe de nos montures, leur faisant baisser la tête et cligner des paupières. Je m'extasiai sur le calme de mon ex-turbulent, qui avait oublié ses manières de jeune présomptueux, pour une conduite irréprochable.

Renan haussa une vague épaule, lâchant d'un ton évident :

— Il a appris à bosser pendant ton absence, c'est tout !

Ces quelques mots sous-entendaient qu'une rigueur martiale s'était abattue sur les épaules de mon petit bai, mais c'était une nécessité, je ne pouvais qu'en convenir intérieurement. Même si j'aimais ses manières d'adolescent rebelle, il était temps un jour de mûrir. Je ne répondis rien, ne voulant pas donner raison à Renan, il était déjà bien trop satisfait de lui-même sans que j'en rajoute !

À la place, je remarquai :

— Dommage que Sir Robert ne soit pas là... Il m'a tant manqué lui aussi ! Je pensais qu'il viendrait m'attendre sur le quai...

Mon ton était déçu, même si j'essayai de ne pas le montrer. Renan ne dit rien, je le vis soudain pâlir tandis qu'une lueur d'une tristesse insoutenable traversa son regard. Il se maîtrisa aussitôt, si vite que je crus avoir rêvé. Le cœur battant d'un affolement que mon esprit ne comprenait pas, pas encore, j'arrêtai mon cheval afin de lui faire face :

— Qu'est-ce qui se passe ? Où est Sir Robert ?

Il prit une profonde inspiration, je pouvais lire son émotion dans le yoyo de sa pomme d'Adam sous sa courte barbe blonde. Terrifiée sans même savoir pourquoi, je ne parvenais plus à respirer, lorsqu'il lâcha enfin, d'un ton dur, abrupt :

— Sir Robert est mort...

— Quoi ? C'est impossible ! Il était solide comme un chêne !

— Il est mort y a trois semaines, il a été tué.

— Tué..., balbutiais-je sans pouvoir dire autre chose, mes idées hébétées se télescopant, tandis que j'avais l'impression que ma vie, une fois de plus, volait en éclats.

Cet homme si bon, si fort, si érudit, mort ? J'effleurai la clef que je portais sous ma tunique et mon gambison, celle qui fermait le coffret dissimulé sous une latte du parquet de ma modeste demeure, celle qui renfermait tout ce que j'avais été dans un ailleurs qui s'éloignait chaque jour. Je pris une profonde inspiration, avant de lâcher d'un ton plus froid que je le souhaitais, et qui n'était que le reflet de mon cœur.

— Qu'est-ce qui s'est passé ? raconte-moi.

— Il est mort en Chevalier, son épée à la main. Il a été attaqué par surprise, il s'est défendu. Il a eu une mort honorable, c'est tout ce qui compte.

Je grinçai des dents, anéantie de chagrin.

— Comment ça, tout ce qui compte ? As-tu retrouvé et arrêté le ou les coupables ?

Il haussa une épaule comme si cela n'était pas si important, faisant avancer son cheval, sur Boutade, qui s'écarta d'un bond. Le choc, le chagrin se muaient peu à peu en colère, je la sentais bouillonner au fond de mon ventre, battre à mes tempes, se révoltant de cette injustice. Mettant mon cheval au trot, je le rejoignis, aux prises d'émotions que je ne savais ni gérer ni analyser tout à fait.

— Arrêter des meurtriers ne compte pas pour toi ! À quoi sers-tu alors ?

Il darda sur moi un regard furieux, répliquant d'un ton abrupt :

— Je suis au service du Baron, je ne suis pas Questeur, et de toute manière rien ne ramènera Sir Robert, ni ta justice ni la mort de ses agresseurs.

Nous nous sommes défiés quelques secondes du regard, avant que je riposte :

— Emmène-moi là où il est mort, moi je suis Questrice !

Nous n'avons plus échangé un seul mot de tout le trajet, chacun enfermé dans ses désillusions, ses peines et son orgueil aussi. Au bout de quelques heures, sans avoir pris une minute de repos, nous nous sommes retrouvés devant l'imposante tour de baleine, là où Sir Robert avait élu domicile, dans ce lieu érigé au haut d'une falaise battue par le vent et les tempêtes.

Renan stoppa son cheval, sans mettre pied à terre, il gronda :

— Il a été attaqué ici, au petit matin. C'était durant la migration des cachalots, sans doute des braconniers venus par la mer afin de tirer une baleine ou deux.

D'un geste sec du menton, il désigna une tombe dressée face à la mer.

— Ils étaient nombreux, il s'est bien battu. C'était une belle mort… Il a été enterré-là, avec son cheval.

Le cœur glacé, je sautai à terre, courant et trébuchant vers la stèle élevée à celui que je considérais comme mon père. En bégayant, je n'ai pu que gémir :

— Jean-Jacques…?

— Oui, ils ont tué son destrier et… Tybur aussi !

J'ouvris la bouche sur un cri d'horreur inaudible, apercevant alors la tombe du fidèle soldat à côté de celle du Chevalier, unis à jamais dans la mort comme ils l'étaient de leur vivant. Sans prendre garde à la boue, je m'effondrai à genoux devant la tombe de Sir Robert, chassant d'une main hésitante les feuilles mortes qui en cachaient l'épitaphe. En Commun on pouvait y lire, profondément gravé dans une dalle en grès sans fioriture :

« Ici gît le Chevalier Sir Robert de Malandre, qui vécut et mourut avec honneur »

C'était d'une sobriété presque glaçante qui ne disait rien de ce que cet homme, allongé-là, avait été. Je baissai la tête, prise d'un chagrin qui me faisait tourner la tête. Je sentais le regard de Renan, qui me considérait du haut de son cheval. Peut-être eut-il dit un mot, tout aurait été différent, quoique même en cet instant je m'illusionne encore à le croire. La vérité c'est qu'il me fallait un coupable. J'avais tous ces mois de souffrances, de tensions derrière moi où je n'avais tenu qu'en rêvant à des retrouvailles avec mes chevaliers, ces mois me pesaient sur les épaules comme une chape de plomb. Je n'étais plus que peine et déception. Cet homme si bon, qui m'avait ouvert sa porte, sauvé la vie, ouvert son cœur aussi, était maintenant mort, et je n'avais même pas été là…

Et Renan se tenait roide et froid sous la pluie qui délavait mes larmes, m'observant sans rien dire. Dans un mouvement qui ne cachait, je le sais, rien de ma colère, je me relevai, ma main droite posée sur le livre de Justice. En cette seconde j'étais furieuse après lui, du moins, je devais diriger mon flot d'émotions sur quelqu'un, il faisait la cible idéale.

— Ne m'attends pas…

Il leva un sourcil interrogateur, sans comprendre. D'un ton glacé, je répliquai à son silence :

— J'ai des indices à chercher, des coupables à trouver, une Justice négligée à appliquer.

Il serra les mâchoires, se redressa, soutint mon regard, fit pivoter son cheval d'un seul mouvement fluide, grondant de sa voix de fauve qui roula sur mon cœur meurtri :

— Comme tu veux ! Tu sais où me trouver !

Il me laissa là, plantée dans la boue qui faisait une flaque autour de mes bottes. Sans doute aurais-je voulu avoir le réconfort affectueux d'un compagnon compréhensif et tendre, mais Renan n'est rien de tout ça, c'est un Darvar.

La plupart du temps j'aime ces différences, aujourd'hui je les haïssais.

FURIEUSE, le cœur en déroute, habitée seulement par un grand froid qui me faisait insidieusement claquer des dents, je me tournai vers la tombe de Sir Robert, laissant mon regard errer sur la dalle en grés rude et gris, qui bientôt se couvrirait de lichens. Son épée, scellée jusqu'à la garde dans le roc, proclamait à elle seule ce qu'il était et avait toujours été : un guerrier, fier et valeureux. C'est à cette image que je m'accrochai tandis que la pluie s'égouttait en larmes sur le pommeau aux armes de la famille de Malandre, avant de s'écouler le long de l'acier.

J'essayai de maîtriser ces émotions qui tentaient de me noyer, alors je m'accrochai à la seule perspective qui me restait dans ce brouillard. Je me redressai, embrassant la scène : l'océan grondant à mes pieds, la haute tour circulaire, et derrière les prairies vallonnées. De la poche de ma veste trempée, je sortis un mince carnet, mon stylo et commençai à noter tout ce que je voyais. C'était plus dérivatif qu'efficace, néanmoins cela me permit de maîtriser un tant soit peu mes sentiments malmenés.

Après la vue d'ensemble, je me dirigeai, le cœur palpitant, vers la tour, cet endroit simple, étrangement chaleureux où j'avais été soignée puis accueillie avec tout le naturel que l'on réserve à sa famille. À bien des égards j'avais été plus proche de Sir Robert que de mon propre père. Avec hésitation j'ai poussé la porte brinquebalante, qui ne tenait plus que par un gond et annonçait déjà toute l'atrocité des violences qui étaient survenues. Je pouvais lire le coup de pied brutal qui l'avait arrachée de ses charnières, l'envoyant s'écraser contre le mur en pierre de taille. Je pouvais suivre l'entrée fracassante des meurtriers, armes à la main. L'intérieur de la tour était sens dessus dessous, hélas il ne me livrerait guère de secrets : tout avait brûlé à la suite d'un incendie accidentel ou volontaire, je ne pouvais pour l'heure le déterminer. Le plafond de la chambre du dessus s'était écroulé sur la salle du rez-de-chaussée, emportant avec lui bien des réponses à mes questions.

Je soupirai, grelottant dans mes vêtements trempés. J'étais soudain trop découragée pour en voir davantage. Je rattrapai mon Boutade parti s'abriter dans ses anciennes écuries et qui n'avaient été que partiellement touchées par le feu. Le cœur en déroute, nous avons pris le chemin afin de rentrer à Vivefleur. Je n'aspirais qu'à un feu brûlant devant lequel me réchauffer, et les bras de Renan pour me réconforter...

Enfin les murs d'enceintes de la petite ville furent là, enfin je passai l'une des portes gardées par deux Darvars aux faciès aussi impressionnants que leurs hallebardes. Je m'apprêtais à les saluer, lorsque s'avisant qui j'étais, ils se figèrent dans une sorte de garde à vous dans lequel la peur était palpable, tout en beuglant un « Questrice » qui dut se répercuter à dix kilomètres à la ronde.

Trop interloquée, je ne sus quoi répondre. Emportée par Boutade qui aspirait au confort de son box, je passai sans rien dire, songeant que si à présent j'effrayais des Darvars, où le monde allait-il !

À cause de la pluie qui tombait en rafales denses, les rues étaient presque désertes. Je ne croisais guère de monde, lorsque enfin après tous ces mois, je vis la façade de ma modeste maison. Comparée à la Citadelle dans laquelle j'avais passé tant de temps, elle me parut minuscule, mais sa simplicité me rasséréna. La blancheur de l'enduit s'opposant aux colombages sombres, la pierre grise des fenêtres à meneaux, l'encorbellement qui lui donnait une mine pataude et un brin joufflue. Comment ne pas l'aimer !

Je poussai le portail fermant la cour, entraînant Boutade vers la chaleur de ses écuries. Quelques minutes plus tard, après un bon bouchonnage, il attaquait avec appétit un tas de foin odorant, posé dans son râtelier. Je le laissai à ses préoccupations gastronomiques, rangeai ma selle sur le portant réalisé un jour par Tybur, puis je me dirigeai enfin vers ma maison. J'entrai dans la cuisine, obscure et froide. Presque lugubre dans cette journée pluvieuse et grise, me demandant où étaient Baveux et Monsieur Caillou. J'avais rêvé à un tout autre accueil, mais avais-je le droit de me plaindre ? Non, seuls Sir Robert, Tybur et Jean-Jacques l'avaient !

Serrant les dents sur mon chagrin et ma déconvenue, je balançai quelques bûches dans l'âtre et, battant un briquet en silex, je parvins à lancer une flambée, malgré mes doigts gourds et tremblants. Le feu apporta immédiatement une présence chaleureuse qui réchauffa mon âme en sus de mon corps. En quelques minutes je me changeai, mettant à sécher mes vêtements mouillés, enfilant l'une de mes robes avec un plaisir qui me fit pousser un soupir.

J'avais rêvé à des retrouvailles folles avec Monsieur Caillou, mon Baveux, sans compter bien évidemment Renan… Je me retrouvai seule, dans une maison froide, humide, devant un feu qui peinait à chasser le désarroi de mon cœur. Avec amertume, je remplis une bouilloire afin de tenter de réchauffer mon âme. Les tisanes d'Ambroisine m'avaient, elles aussi, tant manqué, en plus du rire de l'herboriste. Où était-elle ? Où étaient-ils tous ? Comptais-je donc si peu pour eux ?

Laissant l'eau chauffer sur le feu, je repoussai la colère sous-jacente qui ne demandait qu'à jaillir, encore. Je m'occupai plutôt à ranger les maigres affaires qui m'avaient accompagnée au cours de cette année. Je suspendis mon arbalète sur son clou, posai avec respect et précaution mon livre de Justice, passant une main sur sa couverture en cuir brun dont le nœud infini de la justice, symbole de l'Ordre des Questeurs, occupait la place centrale. Je portai à mon annulaire gauche le même symbole sur le Sceau de Justice qui me suivrait toute ma vie. Lié à moi, il était impossible de me l'ôter… du moins sans me couper le doigt !

Je soupirai, stupéfaite par cette destinée qui semblait se rire de moi. Après gendarme, voilà que j'étais Questrice ! Quel dieu, s'il en existait un, pouvait autant s'amuser avec quelqu'un ? Pour l'instant j'étais bien trop effondrée, seule et désemparée pour trouver la moindre réponse spirituelle. Sans doute n'y en avait-il pas !

Abaissant mon regard, j'aperçus, posé en évidence sur mon bureau, un carnet en cuir. Je ne le reconnaissais pas. La couverture était neuve, douce. Je l'ouvris machinalement. Sur la première page, rédigés d'une écriture fine et maîtrisée, quelques mots :

Ma chère fille,

Lorsque tu reviendras de cette année terrible, tu auras tant à dire, tant d'expériences à transcrire, voici un nouveau carnet pour cela.

Où que tu sois, ma tendresse t'accompagne, tu es ma fierté Lou-Anne de Malandre des Champs de France, ne l'oublie pas,

À jamais ton père, Sir Robert

Je me laissai tomber sur la chaise, le souffle coupé. Saisie. Prise de court par cet ultime cadeau, par ces derniers mots, pleins d'amour. Sans plus résister j'éclatai en sanglots, versant les larmes que je retenais depuis des mois, depuis peut-être ce moment où je m'étais égarée dans cet univers. Je pleurai comme je ne l'avais plus fait depuis mes cinq ans, déversant un trop-plein qui s'épanchait avec mes larmes. Je pleurai de chagrin, sur Sir Robert, sur moi, sur mon monde perdu et ma famille à jamais oubliée. Je gémissais de rage sur Renan, portant aux gémonies ses défauts qui pourtant faisaient que je l'aimais.

C'est la bouilloire qui en hurlant, me tira de mon hystérie. Avec exaspération je séchai mes pleurs : j'étais une Questrice, je n'allais pas me laisser abattre comme ça ! Que penserait Sir Robert ? C'est en songeant à lui que je refoulai mes sanglots, jurant bien de ne pas le décevoir. Où qu'il soit, il pourrait être fier de moi. Déjà j'allais commencer par utiliser ce carnet, selon ses souhaits, ensuite, dès demain je mettrais toute mon énergie et mes ressources à trouver, puis arrêter ses meurtriers.

JE M'ÉTAIS couchée, seule, regrettant presque les ronflements de ma consœur Radna, avec qui j'avais partagé une minuscule chambrée. Venue du clan de l'Ours, elle ne craignait pas grand-chose, en tout cas pas le froid qui tout au long de cette année avait été l'un de mes pires ennemis ! Elle véhiculait en plus d'un physique impressionnant, une propension au rire qui aujourd'hui me faisait bien défaut. Même la présence envahissante de Baveux aurait été un baume dans ma solitude. J'avais entendu chaque annonce faite par la garde de nuit, qui allait et venait aux longs des ruelles, assurant la sécurité des habitants, dans un cliquetis sourd de bottes sur les pavés et des cottes de mailles heurtant les hampes des hallebardes. J'espérais entendre ma porte s'ouvrir sur celui que j'attendais depuis si longtemps, sachant pourtant qu'il ne viendrait pas. Son orgueil couplé à son arrogance l'en empêcherait, dût-il en crever dans son coin !

Je me suis levée, plus épuisée que la veille, plus furieuse aussi, même si j'avais conscience que ma propre attitude était emplie de suffisance. Qu'est-ce qui m'empêchait de courir à la Caserne de la Garde et de me jeter dans ses bras, si ce n'était mon propre orgueil ? Je me suis habillée, de ce que je percevais être à présent mon « uniforme » de Questrice, mon pantalon en cuir, mes bottes, et ma longue veste brune. J'ai accroché mon livre de Justice à ma ceinture, presque rassurée par le tintinnabulement des chaînes qui rythmaient ma marche, mon arbalète et j'étais prête.

Quelques minutes plus tard je traversai la ville encore endormie, dans un petit matin blême, mouillé par la pluie qui était tombée toute la nuit, et finissait de s'écouler entre les pavés, glougloutant jusque dans les caniveaux. Boutade sommeillait encore, ne se réveillant tout à fait que dans les chemins creux, dans lesquels il s'élança dans un trot harmonieux qui me berça jusqu'à l'ancienne tour de baleine. Là, je mis pied à terre, laissant mon turbulent partir à la recherche d'une touffe d'herbe. J'avançai vers les tombes dressées face à la mer, surprise d'y trouver une haute silhouette. En entendant mes pas, il se retourna, sa main posée dans un réflexe, sur la garde de son épée. En me voyant il se détendit, bien que son regard demeurât froid. Sans pouvoir m'en empêcher, je m'écriai, portée par mon chagrin et mes frustrations :

— Qu'est-ce que tu fais là ?

— Tu n'es pas seule à éprouver de la peine, Sir Robert était aussi mon ami, ne l'oublie pas !

Je tremblais, comment pouvais-je l'oublier ? Je les avais tant de fois vus s'affronter sur cette même plage, en contrebas des falaises. Je fermai les yeux, rêvant un instant à me nicher dans ses bras, pourtant c'est d'un ton grinçant que je lâchai :

— Tu n'étais pourtant pas là lorsqu'il a eu besoin de toi !

Surpris, il se raidit, sa cape claquant dans le vent porté par l'océan.

— C'est ce que tu me reproches ? Mais il n'aurait jamais voulu de ma protection !

J'avais envie de le frapper et de l'embrasser avec la même force. C'était deux sentiments beaucoup trop incompatibles pour que je parvienne à garder mon sang-froid. En réalité j'exprimais contre lui les critiques que je me faisais à moi-même : je n'avais pas été là quand, cet homme qui m'avait adoptée, avait eu besoin de moi...

J'avais désespérément besoin qu'il me prenne dans ses bras, mais furieux à son tour, Renan se dressait devant moi, une main crispée sur son ceinturon, son regard gris de tempêtes. Il avait une trop haute conscience de lui-même pour écouter ses sentiments ou pour simplement, céder un pouce d'assurance. Combien de temps sommes-nous restés face à face, à attendre que l'autre capitule ? Finalement, les larmes aux yeux, j'ai détaché le bracelet en cuir et acier, qui m'avait accompagnée, soutenue durant tous ces mois et qu'il avait bouclé autour de mon poignet un an auparavant. D'un geste sec, je le lui ai tendu alors que mon cœur se déchirait.

Sans un mot il l'a pris, a sifflé son étalon qui est arrivé au trot, comme tout bon cheval Darvar, et sans même un regard il a sauté en selle. Je suis restée-là, stupide, sans comprendre ou mesurer la portée de mon geste.

REMBLANTE, je me suis raccrochée à ce que je savais faire : chercher, trouver et arrêter un coupable. L'esprit embué d'émotions, j'ai trébuché jusqu'au bord de la falaise où je m'étais tenue tant de fois aux côtés de Sir Robert. J'ai repoussé les flots de détresse qui cherchaient à me noyer, les chassant rageusement. J'avais mieux à faire qu'à pleurnicher sur moi-même ! Des criminels arpentaient cette terre en toute sérénité, après avoir massacré ceux qui pour moi étaient ma famille. Avec une hargne nouvelle, j'ai dévalé les escaliers creusés jadis par les chasseurs de baleine. J'ai arpenté toute la plage à la recherche de traces, de signes même infimes du passage de quelques braconniers. Rien. Évidemment trois semaines s'étaient écoulées, c'était beaucoup, sans doute trop. Mais poussée par une colère qui faisait bouillonner mes tripes et enflammer mon sang, je refusai de lâcher, sous prétexte de quoi ? Que c'était compliqué ? Cela ne signifiait nullement impossible !

J'ai donc ratissé la plage, de plus en plus loin, en vain. Cela ne faisait que me renvoyer à des souvenirs contenus dans presque chaque grain de sable. Je revoyais les deux chevaliers, s'affronter dans ces duels qui me terrifiaient et me fascinaient tout à la fois. La force de Renan, torse nu malgré le froid ou la neige, opposée à la rigueur et à la ruse de Sir Robert. C'était un spectacle qui m'avait subjuguée dès le premier jour, en dépit de la violence ou à cause de cette même violence qui exacerbait les qualités de ces hommes. Je ne sais pas au juste, ce que mon père, enfin mon père biologique éminent psychiatre, aurait répondu doctement à cette problématique, alors que je ne pouvais que rester là, le cœur brûlant, à me souvenir, tandis que l'océan, indifférent, déroulait inlassable ses rouleaux dans des gerbes d'écumes qui faisaient crier mouettes et fous de mer.

Finalement, éreintée, découragée, j'ai remonté les marches usées et inégales afin de retrouver mon cheval. Boutade était sans doute parti explorer les prairies environnantes. En réalité je le retrouvai juste derrière la tour, en pleine dégustation du potager, tenu avec rigueur et passion par Tybur. Cela me serra le cœur de voir ces salades englouties par mon goinfre, mais là où était le vieux soldat il n'avait que faire de ces détails…

J'enfourchai mon petit bai qui secoua l'encolure, faisant voler sa longue crinière qu'Esmeralda aurait certainement jalousée ! Un sourire flotta une seconde sur mes lèvres : allons mon agité n'avait pas été totalement maté, ou bien ne l'était-il qu'en apparence. Cela me réconforta un peu, tout n'avait pas complètement et si radicalement changé, il existait encore des socles sur lesquels je pouvais me retenir, afin d'absorber tout ce qui s'était passé en mon absence. Comment avais-je pu croire, imaginer un instant, que je reviendrais et que rien n'aurait changé !

Le cours du temps et des événements avait coulé, nous entraînant tous à sa suite, que je le veuille ou pas. J'étais-là, à digérer mes pensées, lorsque je passai au petit trot sous les remparts de Vivefleur. Les gardes me saluèrent avec la même craintive déférence à laquelle je devrais m'habituer, comme à beaucoup d'autres situations ou conséquences de ce que j'étais devenue. Dans les rues, les gens ne m'interpellaient plus d'un joyeux « Eh bonjour, Louve ! », me renvoyant plutôt des coups d'œil inquiets voire circonspects. Je serrai les dents, étouffant presque sous la sensation de solitude qui m'oppressait depuis mon retour.

J'avais le choix, je pouvais rentrer chez moi et m'enfermer dans ma maisonnette afin de pleurer sur mon sort, ou bien, reprendre le flot interrompu de mes habitudes, relever la tête et aller de l'avant. C'est ainsi que, le cœur battant, je me suis retrouvée devant la taverne du « Chat qui pelote ». J'ai sauté à terre et tendu les rênes à un jeune palefrenier que je ne connaissais pas. Il les prit avec une sorte d'hésitation, se gardant de toucher mes doigts, au cas où, sans doute mon contact le brûle. Je réprimai un sourire amer, puis poussai la porte de l'établissement. D'un pas plus assuré qu'il n'était, j'en descendis les quelques marches, considérant avec un plaisir étrange, l'activité bon enfant qui y régnait : allons, voilà au moins une prise d'immuabilité dans ce mouvement perpétuel !

Les consommateurs, artisans ou pêcheurs, buvaient quelques pintes, accoudés au comptoir, se racontant leur journée et riant de bon cœur. Lorsque la porte se referma derrière moi dans un claquement sec, ils relevèrent machinalement les yeux, certains manquèrent s'étouffer avec leur bière, tandis qu'un silence lourd tombait sur l'assistance. Je relevai la tête, alors qu'un froid m'envahissait tout entière. Hier j'étais accueillie comme une amie, l'une des leurs, et aujourd'hui je n'étais plus qu'une sorte de paria effrayante ?

Je relevai le menton, furieuse et faisant fi de leur jugement j'avançai d'un pas ferme dans la salle, réduite au silence. Mes bottes claquaient sur le plancher usé, se répercutant sous les solives noircies de fumée. Soudain, jaillissant d'un recoin, Bluette, ses longs cheveux d'un bleu étincelant la suivant telle une traîne, se précipita vers moi, un sourire rayonnant sur le visage, hurlant un « Louve ! » qui me réchauffa le cœur. Elle s'apprêtait à me sauter dans les bras, lorsqu'elle stoppa son geste, me dévisageant avec un air contrit.

— Oh... Je peux encore t'embrasser, ou est-ce interdit..., balbutia-t-elle, gênée, rouge de confusion.

Bouleversée par sa candeur, son amitié, je m'avançai vers elle, la serrant dans mes bras, tout en bredouillant :

— Je suis toujours Lou-Anne, rien ne changera ça !

J'en aurais pleuré de soulagement de sentir, enfin, un brin d'humanité et d'affection. À nouveau souriante et primesautière, elle m'entraîna vers ma table favorite, délogea un pochtron qui s'y était répandu, m'enleva d'autorité ma veste qu'elle suspendit à un clou tout en me poussant sur le banc recouvert de peaux de mouton. Elle se laissa tomber en face de moi, siffla la serveuse, qui sans même qu'on le lui demande, apportait déjà deux pintes d'une bière dorée et mousseuse.

— Tenez les p'tites, pis je te prépare quéque chose à manger Louve, une crevette serait plus grasse que toi ! T'ont pas nourrie ces sauvages, là-bas ?

Elle grommela d'autres considérations qu'elle emporta, repartant comme elle était venue, sa silhouette sphérique cachant une autorité que nul ne s'avisait de remettre en question. Les clients se poussèrent machinalement afin de lui laisser le passage, tandis qu'elle entrait en coup de vent dans l'arrière-cuisine. On l'entendit beugler des ordres au cuistot, et là encore, la normalité me rattrapa dans tout ce qu'elle avait de rassurant. Un sac parut glisser de mes épaules, je poussai un soupir de bien-être, alors que Bluette s'écriait :

— Alors, mais alors raconte ! C'était comment ?

Étoile qui descendait de l'étage, raccompagnant un client un brin rougeaud et essoufflé, se précipita vers moi en m'apercevant. Avec une spontanéité qui me fit du bien, elle m'embrassa, s'installa sur le banc à côté de moi, tout en saisissant la chope posée devant Bluette afin d'en boire une longue lampée.

— Te revoilà enfin ! Le monde n'était pas le même sans toi, tu sais !

Elle essuya la mousse qui perlait sur sa bouche délicate, ajoutant à mi-voix avec un petit air entendu :

— J'en connais un qui a passé une très mauvaise année et qui était de plus en plus énervé, au fur et à mesure du temps qui passait !

— On a essayé de le consoler, coupa Bluette, alors que je les dévisageais toutes les deux, les yeux ronds de stupéfaction.

Se méprenant sur mon air, elle repoussa l'une de ses mèches bleu ciel, éclata de rire, posa une main sur la mienne en précisant :

— Ah mais pas comme ça, voyons ! Qu'est-ce tu crois, on est tes copines, on va pas se taper ton mec, toute façon on a assez de boulot comme ça.

Étoile reprit :

— Enfin tu es là, Vivefleur va pouvoir retrouver sa sérénité, et ton capitaine avec !

J'ouvris la bouche pour répondre lorsque la porte de l'auberge se rabattit sur la fraîcheur d'une silhouette qui entra, un panier sous le bras, illuminant la salle de son aura de feu. Elle s'avança vers le comptoir, y posa son panier, lorsqu'elle perçut un je-ne-sais-quoi dans la tension de la salle qui lui fit tourner la tête. Elle me vit alors, rencognée contre la cheminée où se consumaient quelques brandons. Poussant un cri de joie, elle abandonna son panier, et se précipita vers notre tablée. Elle se jeta sur moi, sans se poser la moindre question quant à mon statut actuel. Elle m'embrassa, avant de s'installer sur le banc me faisant face, un sourire illuminant son visage et ses yeux dorés, tandis qu'elle s'exclamait :

— Mais qu'est-ce que tu fais là ! J'aurais parié qu'on ne vous verrait émerger, ton Chevalier et toi, que la semaine prochaine ! J'avais même interdit à tout le monde de venir te déranger alors que tu revenais tout juste. Rosita voulait organiser une soirée de retour, chez toi, non mais comme si t'avais pas autre chose à faire en revenant après un an !

Les larmes me montèrent aux yeux, comprenant que ce que j'avais pris, un peu vite, pour du désintérêt, était au contraire mû par une profonde amitié. Je canalisai au mieux mon émotion, parvenant à bredouiller :

— Comment pouviez-vous être si sûrs que je reviendrais ? C'était pour le moins incertain ! J'ai cru que j'allais crever au moins dix fois par jour !

Bluette haussa une épaule qui accentua sa jeunesse et sa candeur, tout en faisant d'un ton débordant d'une confiance sans faille :

— Ben, c'est toi, évidemment que t'allais revenir !

Étoile ajouta :

— Et puis, eh t'avais au moins une bonne raison de t'accrocher, non...

Je hochai la tête, bouleversée d'être aussi comprise, devinée et aimée. Je n'avais jusqu'alors pas mesuré l'étendue de l'amitié que j'avais ici, dans cette insignifiante ville côtière, qui quelque part était devenue le centre de ma vie. La France, Marseille, mon propre univers, n'était plus qu'un moment de mon passé, lointain, enfui et presque irréel. À présent, je le savais, je le ressentais dans toutes les fibres de mon corps, toutes les dimensions de mon âme, si j'en avais eu la possibilité, si j'avais le choix je ne crois pas que je repartirais. Malgré la disparition de Sir Robert et à cause d'elle aussi. Parce qu'à présent ma vie était ici, pour le meilleur ou pour le pire. Quoi qu'il puisse arriver, mon Destin se jouait là, et non plus en France.

Ambroisine posa sa main sur la mienne, remarquant alors ma pâleur, ou le changement dans mon aura. Je savais à présent, qu'en tant que sorcière, elle pouvait percevoir cette énergie diffuse autour de chaque être. J'avais tant appris au cours de cette interminable année, et j'avais été bien obligée de réaliser que ce monde n'avait que peu en commun avec le mien... Les créatures magiques existaient bel et bien, et Ambroisine, mon amie en était une, du moins ses capacités n'avaient rien d'humaines. Avec douceur, elle effleura mon visage de ses longs doigts, s'arrêtant un instant sur la cicatrice qui ornait à présent ma tempe gauche, souvenir d'une première rencontre avec une harpie, qui avait bien failli être la dernière !

—Oh..., laissa-t-elle tomber d'un ton empli de douceur et de compréhension, comme si elle avait pu en une fraction de seconde lire tout le désarroi de mon cœur. Tu as passé une année terrifiante, et tu es revenue pour apprendre le décès de ton père, j'en suis tellement navrée... Et quand tu es rentrée rien ne s'est passé comme tu le rêvais n'est-ce pas ?

Je refoulais mes larmes, secouant la tête, tentant un piètre sourire :

—Non en effet, j'ai été stupide, naïve de croire que je pouvais partir puis revenir, sans que rien n'ait changé.

—Tu t'es accrochée afin de survivre, tu as mis tout ton espoir dans ce que tu savais essentiel, ce n'est ni stupide ni naïf !

Je ravalai un sanglot de dépit et de tristesse, tandis que mon mot de pouvoir, que je portais à présent tatoué sur le haut de mon sein gauche, semblait me brûler avec plus de force encore que lorsqu'il m'avait été apposé par les mages.

Avec une grande douceur, elle murmura, son regard se voilant de tristesse :

— Renan…

En entendant son nom, les filles se redressèrent, prenant ma défense dans un élan solidaire de sororité.

— Mais qu'est-ce qu'il a fait ? Ce sont des barbares de toute façon ! se récrièrent-elles avec un bel ensemble.

Un client, attiré par les cris, s'approcha de notre table, effleurant l'épaule de Bluette. Elle lui tapa sèchement sur la main, s'exclamant avec une moue contrariée :

— Pas touche pépère, je suis en pause, dégage !

L'homme, vexé, se redressa, cependant je ne lui laissais pas le temps de dire ou de faire quoi que ce soit. Me mettant debout, je le fixai de mon regard clair, que je savais être incisif, et qui, après cette année dans la Citadelle de l'Ordre, était devenu coupant. D'un geste, je posai ma main droite sur mon livre de Justice dont les chaînes s'entrechoquèrent dans un bruit presque sinistre, alors qu'un rayon de soleil provenant d'une fenêtre basse, se posait sur mon sceau.

Il se décomposa. Je n'eus même pas à ouvrir la bouche. Je me rassis lentement tandis qu'il disparaissait à l'autre bout de la salle, blanc comme un linge. Les filles éclatèrent de rire.

— C'est trop pratique d'avoir une copine Questrice, Arcady devrait t'engager au lieu de nos videurs !

Je réprimai un sourire, emportée malgré moi par sa gaîté. Je me rassis lentement, trempai mes lèvres dans la bière avant de dire, sans pouvoir m'en empêcher :

— Ce n'est pas la faute de Renan, c'est plutôt de la mienne...

Ambroisine posa sa main sur la mienne, m'insufflant assez de courage pour poursuivre :

— J'ai été injuste, mais lorsqu'il m'a annoncé la mort de Sir Robert, c'était si inattendu, atroce que j'ai vu rouge ! Surtout qu'il m'a sorti une théorie sur des braconniers et...

Bluette m'interrompit :

— Bah il n'a p'être pas tort, une fois j'avais vu les restes d'une grande baleine du Sud, tuée puis abandonnée sur la grève par des braconniers, c'était pas joli à voir !

Je me redressai, tous les sens soudain en alerte :

— Tu as vu les restes d'une baleine après un passage de chasseurs ?

— Oui évidemment, les braconniers ne s'intéressent qu'à deux trucs, l'ambre et la langue, le reste ils le laissent sur place, pourquoi ?

Excitée par ce que ces paroles ouvraient comme possibilités, flairant le début mince, incertain, mais néanmoins tangible d'une piste, je me levai brusquement, laissant mes amies sur un « je dois y aller » un peu abrupt, avant de me précipiter vers la porte.

Je sautai sur mon Boutade que le palefrenier sortait des écuries, et qui la bouche encore pleine de foin, roulait de gros yeux. Tant pis, j'avais une vérification à faire, même si j'en avais déjà la réponse.

UN VENT provenant de la mer frappait les carreaux de ma maisonnette, mais assise devant ma cheminée qui répandait une bien heureuse tiédeur, je n'y prêtais guère d'attention. J'avais troqué mon rude pantalon en cuir et mon gambison sombre, contre l'une de mes robes et surcotte en laine douce et chaude. Sentir la caresse de la laine sur mon corps était déjà un apaisement, à défaut de mieux. Je relisais les notes que j'avais prises dans la journée, afin d'en tirer les conclusions évidentes. Lorsque j'étais retournée arpenter la plage, même si je le savais déjà, je n'avais trouvé nulle trace d'une quelconque carcasse de baleine, pourtant cela ne devrait pas passer inaperçu, un squelette de plusieurs dizaines de tonnes !

Comme je l'avais soupçonné ce n'était pas de simples braconniers qui avaient surpris Sir Robert, c'était tout autre chose. Sa mort n'était en rien due à un malheureux hasard, non, elle avait été voulue, j'en étais à présent certaine. J'avais exploré les alentours, contrariée par le temps écoulé qui avait emporté avec lui les indices, néanmoins j'avais découvert deux ou trois signes qui, peut-être, pouvaient me mener à une piste. Ce n'était pour l'instant qu'une idée ténue, fragile, mais que je confirmerai dès demain matin en allant discuter avec l'un des amis de Sir Robert. Celui, sans doute, qui le connaissait le mieux et pourrait m'en apprendre plus sur cet homme qui un jour m'avait sauvé la vie : Agambert de Dorval, autrefois conseiller du Duc des Blanches Falaises, à présent druide dans le monastère de la Côte.

Je refermai mon carnet de notes, soupirai, effleurant mon poignet dans un geste qui m'était devenu peu à peu essentiel. Pourtant ce soir je n'y trouvai bien évidemment plus le réconfort du cuir et de l'acier qui roulaient, doux, presque tendre sous mes doigts. Le bracelet de Renan n'était plus là pour m'aider. Ce soir, le monde était soudain plus rude, plus compliqué qu'il y a quelques jours encore, lorsque je vivais dans cet espoir, cette illusion que rien n'aurait changé. Dans cette bulle d'immuabilité.

Le monde avait évolué, mais plus que tout c'était sans doute moi qui avais le plus changé, hélas. Je n'avais même plus la main rude de Sir Robert pour m'aider, me soutenir et me guider dans ce monde étrange qui était à présent le mien. Sans lui j'allais sans doute trébucher, je l'avais déjà fait avec Renan, quoique ce soit au-delà d'un trébuchement, là je m'étais carrément étalée de tout mon long, comme une bouse... Sans même l'épaule de Sir Robert pour me rassurer, ni même les remontrances de Tybur pour me secouer, qu'allais-je devenir... Je me sentais seule, et je l'étais.

Malgré le feu, je frissonnai. Je resserrai mon châle autour de moi, bien que ce froid soit intérieur. Soudain j'entendis la porte d'entrée grincer sur ses gonds, avant d'être rabattue par une poigne qu'on devinait solide. Un pas lourd accompagné par un vague cliquetis de cuir et d'acier me fit battre le cœur, m'affolant comme aucun son ne le pouvait. Je me redressai, un sourire niais éclairant déjà mon visage, prête à toutes les compromissions pour obtenir le pardon de Renan, même si ce mot n'existait sans doute pas en Darvar !

J'ouvris la bouche afin de crier son nom, lorsqu'une masse confuse se jeta sur moi, m'étouffant presque sous d'énormes lèches et bisous gluants. Mon cœur reconnut mon Baveux. Je le caressai de mon mieux, essayant de calmer son excitation, ravie de revoir l'énorme molosse dont le maître devait se trouver là, à me regarder me faire recouvrir de bave. Repoussant l'énorme mastard, je relevai la tête, déjà bouillonnante d'émotions, déjà heureuse, lorsque je remarquai l'étrange silhouette qui se tenait dans mon bureau. Ce n'était pas Renan ! Mon sang se figea une fraction de seconde en voyant le troll, sa peau grise craquelée, la taille de ses épaules et la hallebarde qu'il traînait après lui. Je m'affolai. Jetant un coup d'œil à mon arbalète pendue à son clou et inaccessible. Que pouvais-je faire contre un tel monstre ? À présent je savais tout des trolls et de bien des créatures dites magiques, en particulier où étaient leurs points faibles, et comment les tuer. Les trolls n'en avaient guère, c'étaient de véritables machines de destruction. Soudain mon regard croisa celui débonnaire et joyeux de la créature. Tout le voile de l'instruction de l'année passée sembla se déchirer : ce n'était pas un troll, enfin si, mais là, debout dans ma maisonnette, c'était Monsieur Caillou, mon ami. Sans plus réfléchir je me jetai à son cou dans une étreinte joyeuse qui lui fit rugir des « Louve, Louve » faisant trembler la maison sur son soubassement, voire le quartier entier !

Ce n'était pas Renan, jamais à présent il ne s'abaisserait à pousser ma porte, ce temps-là était révolu. Je le savais, mais comment interdire à mon cœur d'en rêver ? Néanmoins j'étais heureuse de retrouver mes deux amis, une part de ma famille, aussi étrange soit-elle, mais bien réelle. Comme avant, nous nous sommes retrouvés autour d'une tasse brûlante, dans la cuisine où, jetant une bûche dans l'âtre, un feu clair s'éleva. La tête de Baveux posée sur mes genoux, je pressai Monsieur Caillou de questions, avide de tout connaître de ce qu'il leur était advenu durant l'année.

Sans se faire prier, il me raconta tout et plus précisément comment Renan l'avait convaincu de passer les tests afin de devenir Garde, tests qu'il avait réussis haut la main. Je réprimai un sourire, sachant ce qu'il en était, lui et son immense carcasse de troll ne pouvaient que les réussir ! En mon for intérieur je réalisai aussi que Renan avait suffisamment confiance dans mon jugement, pour passer sur toute logique et engager une telle créature ! Cela me toucha, tout comme le récit enthousiaste de mon jeune ami, qui me décrivit par le menu sa vie à la Caserne. Il semblait pleinement heureux, ayant trouvé où employer sa force colossale. Il parlait de Renan avec une admiration vibrante, et chaque fois qu'il prononçait le mot capitaine, je ne pouvais m'empêcher de frémir comme une stupide collégienne. Quand mon cœur cesserait-il de m'imposer sa volonté ?

Je posai une main sur la sienne, énorme et craquelée, émue et admirative.

— Tu as dépassé ta condition de troll, tu te rends compte !

Il me dévisagea, choqué :

— Mais je ne suis pas un troll, c'est toi qui l'as toujours dit ! Je suis un humain avec un problème de peau ! Tu le sais bien voyons !

Je sursautai réalisant combien j'étais différente à présent de la Lou-Anne de l'année passée. J'avais tant de certitudes qui une à une s'étaient effondrées. Je resserrai mes doigts sur les siens, même pas rebutée par le contact rugueux de la pierre vivante.

— Tu as raison, pardonne-moi, j'ai vu tant d'horreurs cette année… Je suis tellement heureuse de te retrouver en aussi bonne forme !

Ravi, il me retourna un sourire large comme une ravine, ses yeux noirs pétillant de bonheur. Pendant quelques minutes encore il poursuivit ses descriptions de garde sur les murailles, d'entraînements où, bien évidemment, porté par sa nature profonde, il excellait. Enfin, jetant un coup d'œil par la fenêtre il s'agita avant de se lever dans un lourd mouvement aussi bruyant que le déplacement d'une montagne, un peu inquiet, un peu triste aussi :

— Faut qu'on rentre, on est parti en douce avec Baveux, mais si le capitaine s'aperçoit qu'on n'est pas là…

Il laissa sa phrase en suspend sur une expression terrifiée, qui me fit retenir un rire intérieurement. Tiens, Renan parvenait même à terroriser un troll !

Je me levai sans faire la moindre réflexion, déplorant qu'ils ne puissent rester plus longtemps. Baveux lançait des regards suppliants à son ami géant, qui affichait un air désolé sur sa face pierreuse.

— Tu as raison ! Allez-y, ne vous faites pas punir par ma faute !

Je les serrai dans mes bras, sans prendre garde aux poils ou à la bave. Les larmes aux yeux, je rajoutai à mi-voix :

— Je suis tellement fière de toi, Monsieur Caillou, tu as fait tant de progrès ! Tu parles couramment le Commun maintenant et regarde-toi, tu es un Garde de la cité !

Je les regardai disparaître tous deux dans la ruelle étroite, le cœur agité de mille clapotis. J'éprouvais de puissants sentiments fraternels pour le jeune troll, aussi tout comme une grande sœur, je m'inquiétais pour lui, cependant j'étais aussi infiniment heureuse de le voir s'épanouir dans une vie qui lui convienne. Je regrettai un instant l'équilibre affectueux de notre vie avant, avant que je sois embarquée pour cette citadelle glacée, avant que tout éclate à cause de ça. Néanmoins, je savais parfaitement que rien n'était permanent hors le changement continuel. L'évolution ne pouvait être stoppée, c'était ainsi dans mon univers, c'était vrai aussi dans celui-ci. Rien ne ramènerait cette période de douceur que je partageais entre Monsieur Caillou, mon Baveux et bien sûr Renan… Cette époque s'était enfuie cependant qu'une autre débutait : où nous emporterait-elle ?

BOUTADE trébuchait dans les flaques des chemins, où la pluie s'était accumulée en cuvettes boueuses. Tout de cette route me renvoyait à la silhouette altière de Sir Robert montant son solide destrier, Jean-Jacques. Je revivais cette journée, si lointaine, où nous nous étions rendus au monastère de la Côte, chevauchant au botte à botte dans une amitié sereine et une confiance réciproque.

Pourtant aujourd'hui, je n'étais accompagnée que par une bise froide, humide de tempêtes automnales. L'océan qui grognait au long des falaises, était gris, se confondant avec un ciel plombé dans lequel nul oiseau ne volait. Enfin, après plusieurs heures de cette remontée temporelle qui ne me renvoyait qu'à ma présente solitude, j'aperçus la masse rocheuse dressée dans un combat continu contre les vagues qui en battaient le pied. Le cœur serré, je mis pied à terre, me souvenant que Sir Robert ne s'était pas soucié d'un tel détail, parcourant les derniers mètres creusés à même la falaise, droit sur son cheval. Je n'étais pas si téméraire ! Je préférais assurer notre sécurité qu'asseoir ma bravoure. Boutade me lança un coup d'œil soulagé, sans doute se souvenait-il lui aussi de tout ce trajet, en particulier de ce passage dans lequel ses fers glissaient contre la roche. Je ne le brusquai pas, lui laissant le temps de réfléchir à chacun de ses pas, de toute manière je n'étais pas pressée… Sir Robert était mort, une minute ou une heure de plus ne changerait rien à ce fait ! Rien ne le ramènerait.

Au bout du passage surplombant l'océan, le même druide aussi chenu qu'un bonsaï hors d'âge, me considéra d'un œil d'une acuité surnaturelle, hochant ensuite imperceptiblement la tête. Il ne sembla cependant même pas impressionné par mon aura de Questrice, même pas surpris d'ailleurs. Il se borna à maugréer de sa bouche édentée :

— Tu peux passer, Lou-Anne de Malandre, ton père a toujours été le bienvenu en nos murs, il en sera de même pour toi.

J'avançai vers la passerelle, fragile structure de bois et de cordages, qui surplombait un vide rugissant de vagues et d'écume. Je laissai Boutade attaché dans la grotte du druide millénaire, songeant vaguement à la manière dont celui-ci pouvait assurer la sécurité du monastère. À quelles forces pouvait-il faire appel afin d'empêcher quiconque d'entrer contre son bon vouloir ? Je frissonnai tout autant d'appréhension d'avoir à affronter cette nouvelle traversée au-dessus du vide, que de la puissance certainement colossale du druide à l'apparence pourtant à l'opposé de ce qu'il devait être : un être maîtrisant des forces ésotériques d'une puissance inouïe. Je survolai d'une traite le pont vacillant sous chacun de mes pas, retrouvant avec le même soulagement que jadis, la solidité du roc sous mes bottes. Je frissonnai dans le vent glacé, porteur d'un froid venu du Nord, m'apportant la saveur de la neige qui sans doute tombait déjà sur les îles lointaines. Je fermai une seconde les paupières me concentrant sur l'une des runes qui ornaient maintenant mon avant-bras gauche, trois runes comme chaque Questeur en recevait le jour ultime de sa formation. Chaque être ayant ses propres faiblesses, elles étaient-là afin de les compenser, offrant au Questeur une puissance accrue, inhumaine quelque part. Les miennes étaient faites de force et de froid, tandis que la dernière, commune à tous les Questeurs, était la persuasion, qualité indispensable pour mener à bien notre mission de justice.

Mes capacités physiques n'étaient en effet pas ma qualité principale, du moins ma force pure ! Il est vrai que comparées à celles redoutables des Darvars, je faisais presque pitié. Les mages avaient donc jugé qu'un soutien à ce niveau-là ne pouvait que m'aider dans ma tâche. Les températures polaires m'ayant presque tuée, une rune me permettant de réguler ma chaleur corporelle leur avait semblé logique. C'était celle-ci que je sollicitais, sentant immédiatement une tiédeur réconfortante remonter de mes orteils et envahir peu à peu tout mon corps. Je crois que cette rune-là, avait été le plus beau cadeau, et le plus utile aussi !

Plus sûre de moi, j'avançai jusqu'à la porte ouvragée de dragons fantasmagoriques, s'ouvrant sur la ruelle creusée à même le rocher. Je n'eus même pas à toquer, elle s'ouvrit sur une enfant aux yeux d'un noir ardent, aux longs cheveux couleur de châtaignes bien mûres. Elle me renvoya un sourire intense, puis, sans pourtant prononcer un seul mot, elle me prit par la main, m'enjoignant à entrer. Je retrouvai alors le domaine du druide, Agambert de Dorval. Les étagères, montant jusqu'au plafond, croulaient sous les livres. Un feu éclairait faiblement la pièce, ne la réchauffant qu'à peine. Les plantes, écrasées par mes bottes, imbibaient sporadiquement l'air de fragrances éphémères, se mêlant à la senteur poussiéreuse apportée par les manuscrits. La petite m'entraîna jusque devant un bureau derrière lequel se tenait un homme à la silhouette que les ans n'avaient pas amoindrie et au regard sombre tout aussi affûté. Sautillant sur place, elle me désigna avec une sorte de surexcitation à l'archiviste, qui, ayant relevé la tête d'un manuscrit, me considérait sans étonnement.

La petite, sans pouvoir s'en empêcher, s'accrochait à moi, se suspendant à mes bras, tandis que je sentais ses larmes trop longtemps contenues, glisser dans mon cou. Stupéfaite, je lançai un coup d'œil effaré, plein de questions aussi, au druide, qui me renvoya un bref sourire empli d'une bonté sereine. Il repoussa sa chaise à haut dossier et s'approchant, il posa une main sur le dos de l'enfant qui sanglotait à présent.

— Mira, veux-tu bien aller quérir du thé pour notre visiteuse et moi-même ? Après ce long trajet par un temps pareil, elle doit être gelée, ne crois-tu pas ?

La petite se décrocha enfin, approuva d'un vigoureux hochement de tête, avant de se précipiter au dehors, claquant la porte derrière elle. Le druide, désignant un fauteuil en bois noir faisant face à la cheminée, m'enjoignit à y prendre place. Une seconde, je repartis vers cette journée, revoyant la haute silhouette de Sir Robert, se tenant là, dans cette même pièce, un rayon de soleil passant au travers des fenêtres à meneaux, faisant scintiller la garde de son épée, tandis que sa longue cape blanche de Chevalier balayait la jonchée de plantes odorantes. Je refoulai ma douleur. Je n'étais pas ici pour pleurnicher ni ressasser ma peine.

Agambert de Dorval prit place dans l'autre fauteuil, s'y installant avec un soupir de satisfaction, tandis que son regard me fixait avec la même acuité gênante que jadis.

— Tu ne l'as pas reconnue n'est-ce pas ?

Je le considérai sans comprendre, tirée presque brutalement de mes souvenirs. Je ne pus que bredouiller un vague non, qui le fit sourire.

— C'est Mira, cela sonne comme miracle ne trouves-tu pas ? C'est l'une des enfants que tu sauvas il y a de longs mois à présent. Elle ne t'a jamais oubliée.

J'ouvris des yeux effarés. Avec tous les événements qui s'étaient déroulés, depuis la découverte de l'innommable chez l'un des marchands de Vivefleur, j'avais oublié qu'en effet les deux petites victimes avaient été prises en charge par les druides. Un souffle de bonheur pur effleura mon âme meurtrie, m'apportant un soulagement qui allégea une seconde le fardeau qu'il me semblait charrier sur mes épaules.

— Elle est mutique suite aux chocs traumatiques qu'elle a subis, un jour peut-être retrouvera-t-elle l'usage de la parole, mais malgré tout, elle va bien. C'est une enfant maline dont la curiosité s'épanouit au contact des livres, en dépit de sa peur des humains.

Je me souvenais de l'histoire du vieux druide à cette époque ancienne du siège de Blanche, où sa femme et ses filles avaient trouvé la mort. Sans doute que ces deux meurtris avaient découvert un certain réconfort dans leur présence mutuelle. Je hochais la tête en remarquant :

— Et le deuxième p'tit, qu'est-il devenu ?

— Ugolin a choisi de partir en apprentissage auprès d'un maître forgeron. C'était de fait, aussi bien que chacun puisse avancer vers une nouvelle vie. Mira voudrait devenir copiste, elle en a déjà tous les talents ! Peut-être rejoindra-t-elle un jour une communauté de druidesses, mais ce sera selon son choix.

Il se pencha, attrapa une bûche qu'il jeta dans le feu qui n'était plus réduit qu'à quelques brandons mourants, avant de me considérer d'un regard un peu trop insistant. Sa bonté sereine sembla envahir la pièce, me faisant frissonner. Je me tortillai sur mon siège, mal à l'aise. Par chance la venue de la petite Mira portant un plateau chargé de tasses et d'une grosse théière, amena un dérivatif. D'un geste, le druide la remercia, elle hésita, me lança un coup d'œil avant qu'Agambert de Dorval murmure d'une voix douce :

— Nous avons à parler de sujets très sérieux avec Lou-Anne de Malandre, de plus je crois qu'il est l'heure de ta leçon de lettrines n'est-ce pas ? Tu pourras nous rejoindre après, d'accord ?

Un peu à contrecœur, la petite hocha la tête, faisant voleter ses mèches brunes. Nous nous retrouvâmes à nouveau en tête à tête, le silence à peine troublé par le craquement du feu léchant la bûche dans l'âtre, celui de l'océan s'écrasant en gerbes furieuses au pied du rocher, tandis que des mouettes criaient dans le vent.

Le premier, il brisa le calme de l'instant, lançant avec un sourire d'une bonté si profonde qu'elle me fit frissonner.

— Ainsi tu as trouvé ta voie, une destinée étonnante...

Je me redressai, ignorant à quoi il faisait exactement référence : le fait que je sois une Questrice ou bien ma relation avec Renan, avec un Darvar. Son regard était si incisif qu'il semblait percer les murailles même de mon âme. Mal à l'aise, je gigotai, bien que je sache qu'il n'était qu'un être humain, donc incapable de déceler les secrets de mon cœur. Qui le pouvait ?

Je relevai la tête, soutenant son regard.

— Ce n'est pas de moi dont je suis venue parler. Ce sujet n'a pas d'importance.

Il hocha la tête.

— Évidemment tu es venue afin que je te parle de Sir Robert.

Je lâchais un oui, court, presque froid.

Il me dévisagea pendant de longues secondes, avant de remarquer d'un ton doux :

— Crois-tu qu'en savoir plus sur cet homme, t'aidera dans l'assouvissement de ta vengeance ?

Je sursautai.

— Il n'est pas question de vengeance ! Je ne veux pas venger sa mort, mais découvrir puis arrêter les coupables ! C'est une question de Justice ! Nul ne peut s'arroger le droit de venir assassiner qui que ce soit chez lui, depuis quand ? Des lois existent et elles ne cautionnent pas le meurtre. Je dois trouver le ou les coupables non seulement pour les meurtres conjoints du Chevalier et de Tybur, mais afin d'en prévenir d'autres.

Le vieil archiviste poussa un long soupir, il paraissait tout à coup son âge :

— Pour ce qui est d'une récidive, ne t'en inquiète pas, cela n'arrivera pas.

Surprise, je fronçai les sourcils.

— Comment pouvez-vous le savoir et l'affirmer ?

D'une main qui tremblait imperceptiblement, il servit le thé qui avait infusé, répandant une odeur suave, délicate, de printemps et de sauge.

D'une voix soudain altérée, il murmura finalement :

— Je le sais. J'ai toujours su que cela arriverait, et tu peux me croire, Sir Robert en était parfaitement conscient lui aussi. Peut-être même a-t-il été soulagé qu'enfin il soit confronté à la noirceur de son passé, qu'enfin une forme de justice s'abatte sur lui...

Il s'interrompit, but une gorgée brûlante de thé, se laissant absorber par le feu crépitant, comme s'il revivait ces événements anciens. Dans un soupir, il poursuivit, tandis que mon cœur battait d'une révolte farouche, cependant que je m'évertuais à ne pas mettre la moindre pression au vieux druide, le laissant continuer son récit à sa guise. N'était-ce pas pour cela que j'étais venue ?

— Sir Robert est mort, rien de ce que tu feras ne le ramènera. Sans doute a-t-il même été soulagé de finir ainsi, son épée à la main, dos à dos avec son fidèle Tybur, comme en ces temps reculés du siège de Blanche... Il est parti en Chevalier, dans l'honneur d'avoir en sus lavé son nom en payant pour ses crimes.

Je sursautai, manquant renverser mon thé.

— Ses crimes ? Quels crimes ?

J'étais presque furieuse envers le druide. Que sous-entendait-il ? Que Sir Robert avait mérité cette mort ? Que je ne devais rien faire et l'accepter ?

Posant une main d'une étrange douceur sur mon bras, il fit d'un ton apaisant :

— Tu ne connais pas tout de l'histoire de cet homme complexe.

— Alors, racontez-moi !

Il se rencogna contre le haut dossier du fauteuil, fermant les yeux.

— Vous étiez son meilleur ami en ces temps lointains, alors dites-moi ! Je dois savoir !

Je prononçai ces mots, la rune de persuasion brûlant mon poignet gauche. Comme tous les Questeurs cette rune faisait à présent partie de ce que j'étais. Tout sorcier aurait discerné l'imperceptiblement changement de mon aura, mais Agambert de Dorval n'était qu'un homme il n'aurait rien dû percevoir, toutefois il remarqua dans un sourire :

— Il est inutile d'user sur moi de tes artifices de Questeur, je les connais trop pour qu'à mon âge, ils aient encore une influence !

Piquée, furieuse je me redressai. D'un geste il coupa court à la moindre de mes récriminations, se bornant à dire :

— Je vais te raconter ce que je sais du passé de ton père adoptif, parce que tu dois le savoir, non pas parce que tu m'y contrains !

Je me calai dans le siège, dardant sur lui un regard fixe, attendant la suite le cœur battant, tandis que mon mot de pouvoir irradiait une chaleur apaisante qui se propageait jusqu'à mon cœur.

Le vieux druide but une nouvelle gorgée avant de faire d'un ton un peu bas :

— Les événements dont je vais te parler eurent lieu bien avant le siège de Blanche, bien avant le mépris des Padouans d'Or envers le peuple du Nord, bien avant qu'ils nous conduisent tous au désastre. À cette époque, Sir Robert, n'était que le jeune Chevalier Robert de Malandre, plein de fougue, d'intelligence, on devinait déjà qu'il n'était pas quelqu'un d'ordinaire. Le fils aîné du Duc des Falaises Blanches ne s'y trompa d'ailleurs pas, outre qu'ils soient amis il réalisa le potentiel de l'homme et du guerrier. Il en fit son Chevalier Lige. C'est là, que nous nous rencontrâmes pour la première fois, le jeune Chevalier de Malandre et moi-même, entre les murs de Blanche, dans la salle du trône ducal. J'étais un jeune érudit, jeune apprenti du très vieux et redoutable stratège du Duc. Je fus impressionné, je dois bien te l'avouer, par l'impression de sagesse, par la stature autant physique que mentale, qui émanait de ce jeune Chevalier portant les armes prestigieuses de la famille de Malandre. Il présenta ses devoirs au Duc avec une grâce qui n'avait d'égale que l'acuité de son regard. C'est donc ainsi que j'ai rencontré cet homme qui allait devenir l'un de mes plus proches amis. Le duc, lui non plus, ne s'est pas trompé, d'un sourire il a approuvé le choix de son héritier. Il avait encore de longues années de règne devant lui, aussi ce jeune Chevalier se formerait en même temps que son fils, au futur qui les attendait. Hélas rien en ce monde, ou ailleurs, ne se déroule comme les hommes le prévoient. Quelques jours plus tard, à peine, le Duc mourut brutalement dans la nuit. Nul guérisseur ou druide ne fut en mesure de fournir une explication sur la mort de cet homme, solide et encore jeune. Son fils aîné, alors à peine âgé de seize ans, monta sur le trône en réprimant ses larmes, son Chevalier à ses côtés. Mon maître, vieux stratège et conseiller du Duc, commença ce qu'aujourd'hui je sais être une manœuvre afin de convaincre le tout jeune héritier, afin d'avoir son écoute, sa confiance : il le manipula. Même aujourd'hui j'ignore encore à quoi fut due la mort de mon Duc. Mon Maître lui, affirma dans l'oreille du jeune et influençable adolescent, que son père avait été assassiné. La poignée de notables s'allia. Riches et infatués, ils craignaient depuis toujours pour leurs privilèges en raison des capacités presque sans limite des centaines de races des créatures non humaines, dites magiques, qui sillonnaient la ville. Profitant de la jeunesse et du désarroi du tout nouveau Duc, ils fomentèrent ce que je sais être un vaste complot qui avait plusieurs buts : mettre la main mise sur les décisions du gouvernement au travers du Duc, se débarrasser d'ennemis putatifs, enchaîner le Duc à un acte si atroce qu'il ne pourrait qu'inspirer une terreur qui le laisserait seul, totalement démuni entre leurs mains.

C'est ainsi que débuta ce que nous nommons sobrement les Grandes Purges. En quelques semaines à peine, le trop jeune duc fut suffisamment désespéré, en proie à une colère telle que, ayant une confiance immodérée dans les conseillers qui l'entouraient, il consentit les larmes aux yeux, à signer l'ordre d'évacuation des populations non humaines. Toute créature magique avait 48 heures afin de quitter le duché. Ce laps de temps passé, chacun se heurterait aux troupes Ducales menées par le Chevalier lige du jeune Duc.

» C'est ce qu'il advint. Les créatures magiques qui vivaient en bonne intelligence depuis toujours avec nous autres humains, ne comprirent pas le sérieux de l'édit. La plupart hésitèrent à abandonner une maison, un atelier, un travail afin de partir sur les routes. Certains, les plus méfiants ou ceux pouvant percevoir les traces éthérées de l'avenir, s'enfuirent, hélas, la majorité resta. Ce fut un bain de sang. Au matin du troisième jour, le Duc lâcha ses troupes. Malgré sa répugnance à obéir à de tels ordres, Robert de Malandre était son bras armé, il ne pouvait faillir à la confiance de son Duc. Menant l'armée, son épée rougie par le sang qui n'avait pas le temps de sécher sur sa lame, il conduisit les troupes de village en village, nettoyant chaque recoin même le plus éloigné, brûlant, égorgeant, sans accorder aucun merci. Les créatures tentèrent pour certaines de résister, pour d'autres de s'enfuir. La fuite fut une option plus efficace que la résistance ! Certaines trouvèrent refuge dans le duché voisin, l'impénétrable forêt millénaire de la Verte Cépée. Ils s'y engouffrèrent, échappant à la curée, traumatisés, ayant pour la plupart tout perdu.

» Sir Robert, lui, y abandonna une partie de son âme. »

J'étais là, pétrifiée sur mon siège, considérant le druide d'un œil fixe, tandis qu'il laissait son regard errer sur les flammes qui s'élevaient à présent, hautes et vives dans l'âtre. Sans doute était-il reparti vers cette époque sanglante. Je toussotai. Il tourna la tête vers moi, ses yeux noirs étaient emplis de larmes.

— Je suis désolé de devoir te raconter tout cela, mais nul n'est-ce qu'il semble. Sir Robert était le meilleur Chevalier qu'il soit, le plus fidèle à ses engagements, à son serment envers son Duc, où que celui-ci puisse le conduire.

Il poussa un bref soupir, tandis que sa main tremblait imperceptiblement en reposant la tasse de thé refroidi.

— La vie est un cercle, nos actions passées conditionnent notre présent. Ce que tu fais aujourd'hui te reviendra demain, le mal ou le bien que tu dispenses n'est jamais anodin, tôt ou tard il retournera à son point de départ.

Je levai un sourcil, pas vraiment étonnée non plus qu'il énonce un concept qui s'apparentait à ce que je connaissais vaguement sur les notions de karma. Cela correspondait aussi à ce que je savais ou imaginais du personnage, je ne fus donc pas surprise.

— Vous pensez que ce sont les survivants de ces Purges, qui seraient venus se venger ? Après tout ce temps ?

Il haussa une épaule attristée, avant de répondre d'une voix basse :

— Parfois la haine que nous instillons dans l'âme de nos enfants est plus destructrice que celle que nous portons. Je crois que c'est plutôt la génération née à la suite de ces bouleversements, élevée dans les regrets et les ressentiments, qui soudain a trouvé courage et opportunité afin d'assouvir sa vengeance. Le Duc est mort il y a bien longtemps, ne restait que Sir Robert, symbole de ces temps sanglants…

Je considérais le vieil homme un long moment, sans rien dire, certaine pourtant d'avoir mis le doigt sur le fil qui se déroulerait afin de me conduire, étrange fil d'Ariane, vers les coupables, vers ceux qui avaient assassiné mon père. Agambert de Dorval se leva, attrapa un tisonnier en fer forgé, remit une bûche en place dans le feu, avant de se tourner vers moi :

— Tu vas les poursuivre, rajouter du sang au sang ? N'as-tu pas un autre combat à mener ?

Je me levai à mon tour, palpitante. Sans le vouloir ou le calculer ma main se posa sur mon livre de Justice, qui pesait sur ma hanche.

— Je suis une Questrice, vous ne pouvez pas me demander de détourner les yeux d'un tel crime ! Je faillirai à tout ce que je suis et crois…

Il haussa alors une épaule désabusée, me renvoyant un sourire presque cynique :

— Alors tu rajouteras du sang au sang…

J'AI LAISSÉ le monastère et ses druides. J'étais à présent là, dans mon bureau, assise devant mon feu, ayant troqué mes vêtements de cavalière contre une robe chaude et confortable. La journée avait été longue, éreintante. J'allongeai les jambes, regrettant l'absence bruyante de mon Baveux, qui se serait étalé sous mes pieds en carpette canine. Je réprimai un soupir, focalisant plutôt sur ce que j'avais appris aujourd'hui. Les révélations d'Agambert de Dorval m'avaient été pénibles, mais Sir Robert n'avait cependant pas baissé d'un millimètre dans l'estime que je lui portais. Il avait obéi à des ordres et je savais combien cela pouvait être pesant, même si je n'avais bien évidemment jamais été confrontée à de tels choix. Je ne pouvais donc qu'imaginer ce qu'il avait enduré, portant le fardeau de toutes ces morts sur son âme, tout cela pour ne pas avoir failli à son serment de Chevalier...

Je soupirai en rédigeant le récit de cette journée. Mes doigts étaient encore gourds du froid de cette chevauchée, tandis que mon cœur semblait pris dans des glaces éternelles, qui chaque jour se resserraient. Je chassai la nostalgie de la présence chaude, rassurante de Renan, refusant ce soir du moins, de m'appesantir sur ces mois passés où nous étions ensemble dans une sorte d'évidence.

J'avais bien autre chose à faire ! J'avais des coupables à débusquer et pour cela j'avais un plan à trouver et à rédiger.

UNE PLUIE FINE, insidieuse, dégoulinait d'un ciel gris, tandis que je remontais la rue qui serpentait jusqu'à la place forte où résidait le Baron de la ville. Emportée par le trot souple de Boutade, la froideur de la saison n'était qu'un épiphénomène auquel je ne portais aucune attention, tout mon esprit focalisé sur un seul point : retrouver ceux qui avaient lâchement assouvi une vengeance inutile.

En quelques minutes, à peine, nous nous retrouvions, mon joyeux petit bai et moi, devant la haute porte voûtée de la forteresse, ouverte certes, mais solidement gardée par un contingent de guerriers au faciès à la fois stoïque et implacable. Cicatrices et tatouages parsemaient leurs visages, tandis qu'ils me fixaient d'un regard froid et réprobateur à la fois. L'un d'entre eux s'avança d'un pas, bloquant le passage de sa carrure d'ours, tandis que la lame de sa hache, captait un rayon de soleil matinal. Je stoppai Boutade, qui à présent docile et discipliné, s'arrêta dans un carré presque parfait.

Le guerrier, arborant une pelisse de loup gris sur ses épaules, leva une main large comme une patte de lion, s'exclamant dans un commun peu amène :

— Vous n'avez pas d'audience, partez !

Je soutins son regard, instillant dans le mien toute la puissance de ma colère, alors que je posais une main sur le livre de Justice qui pendait à ses chaînes le long de ma jambe, en une sorte de prolongation de moi-même. Le guerrier frémit, tandis que je grondais :

— Je n'en ai pas besoin ! Poussez-vous !

Il maugréa, s'écartant néanmoins. Je passai, roide, sans lui accorder d'attention, appliquant à la lettre la formation que j'avais sévèrement reçue. Je traversai la cour principale de la place forte, lorsqu'un autre guerrier, aussi massif que le précédent, se précipita afin de prendre les rênes de mon Boutade, l'emmenant vers les écuries. Ici, évidemment, même les palefreniers ressemblaient à des berserkers échappés d'un quelconque Valhalla. Je n'en étais même pas surprise !

Quelques minutes plus tard, après avoir grimpé plusieurs escaliers et parcouru quelques corridors, je poussai enfin la porte donnant sur le bureau du Baron Vartag de Dunrad. Je maîtrisais à présent assez de vocabulaire Darvar, pour savoir que son nom signifiait « Grand froid ». Grand et froid, il l'était ! Je savais toutefois qu'il était aussi un homme juste, droit et sans doute téméraire. Sous la masse d'une tignasse indisciplinée et d'une barbe tressée, il cachait une intelligence vive qui se reflétait dans son regard à la clarté minérale. J'étais impressionnée, c'était une évidence ! Cependant, frappant les dalles de granite sous les talons de mes bottes, je m'avançai sans trembler, carrant au contraire les épaules.

Le Baron se tenait debout, penché de toute sa haute carcasse au-dessus d'une table, sur laquelle s'étalaient divers papiers, des cartes comme je le compris en m'approchant. En appui sur la table, un autre Chevalier discutait avec lui d'un sujet qui m'échappait. Ma maîtrise du Darvar n'était quand même pas assez complète pour ça !

Mon cœur frémit pourtant, parce que je le savais, rien ni personne ne pourrait changer ça… Même si je l'avais souhaité, ce qui n'était même pas le cas, je ne pourrais rester indifférente face à Renan. Les deux Chevaliers se redressèrent, me dévisageant avec une semblable surprise, tandis que l'étonnement de l'un laissait entre apercevoir des sentiments plus diffus et complexes de l'autre. Lui non plus, hélas, ne pouvait demeurer impassible, même avec tout son entraînement. Je retins à temps un sourire stupide, tandis que mon cœur faisait quelques saltos et que je me raccrochais à ma colère comme à une bouée.

Refusant de lui prêter la moindre attention, plus parce que je craignais que mon regard dévoile le désarroi de mon âme qu'autre chose, je me plantai devant le Baron, lançant d'un ton froid, affirmé, une merveille d'improvisation, je dois dire :

— Baron de Dunrad, Lou-Anne de Malandre des Champs de France, Questrice.

Il leva une main, grommelant un abrupt :

— Je sais qui vous êtes ! Que voulez-vous ? Quelle urgence vous fait débarquer comme ça ?

Je pris une ample respiration. Mon nouveau statut ne l'impressionnait pas, ce qui était à prévoir ! D'un battement des paupières je sollicitai ma rune de persuasion, sans doute plus pour me rassurer que par nécessité.

— C'est la Justice qui m'amène, parce qu'un Chevalier a été assassiné sur vos terres. Aucun crime ne peut et ne doit rester impuni !

Il haussa une épaule blasée.

— Eh bien ? Qu'attendez-vous ? Faites votre boulot et dégagez de mon bureau !

Je retins un soupir excédé, sachant l'inanité d'une telle émotion. Je grognais un imperceptible « Ah les Darvars » qui me ragaillardit, me permettant de rétorquer :

— Je ne sollicite ni votre permission ni vos compétences, je viens courtoisement vous informer que je vais réquisitionner des hommes et du matériel pour cette Quête. C'est tout.

Les deux Chevaliers me dévisagèrent avec une stupéfaction similaire, me considérant comme si j'étais dénuée de toute réflexion. Cela m'énerva assez pour répliquer, d'un ton glacé :

— Je veux dès demain matin, dix de vos meilleurs gardes accompagnés de leur sergent, en armes sur la place de Vivefleur, avec assez de vivres pour tenir une traque de plusieurs semaines au moins.

Le premier, Renan réagit, me dévisageant avec une inquiétude qui passa, fugace, dans ses yeux clairs :

— Tu veux aller où ?

— Je vais suivre la piste des meurtriers de Tybur et Sir Robert, qui mène à la Verte Cépée. J'ai donc besoin d'hommes, d'armes et de vivres.

— Quoi ? Tu es complètement inconsciente ! Les bois de la Verte Cépée ! Avec dix hommes !

Avec humeur, je lançai :

— Il y a eu un double meurtre, je n'ai pas le choix !

Il soutint mon regard vibrant de colère et de peine, lisant sans aucune difficulté toute la houle incontrôlée d'émotions qui dévastait mon âme. Il hocha imperceptiblement la tête, jeta un bref coup d'œil à son Baron, se comprenant sans un mot. Puis il laissa tomber, d'un ton presque brutal :

— Tu auras besoin d'au moins vingt soldats plus un Chevalier pour les commander, si tu veux avoir un vague espoir de survivre…

Je m'apprêtais à ouvrir la bouche afin de répliquer que je n'avais rien de tout ça sous la main, lorsqu'il poursuivit :

— Je viens avec toi, c'est non négociable !

Puis saluant abruptement le Baron, il tourna les talons dans un bruissement de cuir et d'acier. Je demeurai un instant hébétée, tandis que des émotions opposées me faisaient frémir.

UNE BRUINE molle ruisselait sur mes épaules, s'insinuant sous les coutures de la brigantine en cuir que j'avais revêtue sous ma longue veste brune. Les oreilles basses, Boutade attendait avec une patience admirable, et seuls ses bâillements répétés laissaient percevoir son agacement. La pluie formait déjà une flaque huileuse autour de ses sabots, s'accumulant sur les pavés usés de la place.

Raclements des fers sur la chaussée, ébrouements des mules, tintements des chaînes et grincements des caisses, constituaient un fond sonore inhabituel, même pour Vivefleur. La cité s'éveillait, surprise par la troupe des gardes rassemblée en bloc compact sur la place, accompagnée par un train de mulets lourdement chargés. Les passants nous jetaient de brefs coups d'œil interrogatifs, cependant la carrure de Renan, droit et impassible sur Téméraire, les dissuadaient d'en savoir plus.

Sans même me consulter, il leva un bras afin de mettre en branle sa troupe, ses soldats prêts à obéir, déjà. Je me redressai sur mes étriers, beuglant un non sec, qui les figea tous. Renan, me cingla d'un regard furieux, tandis que j'ajoutais :

— Nous ne sommes pas au complet…

À peine avais-je dit cela que les battues de chevaux au trot sur les pavés mouillés, résonnèrent dans la ruelle. En quelques secondes, à peine, deux solides hongres noirs débouchèrent sur la place. Les vestes flamboyantes de leurs cavaliers apportaient en ce petit matin à la grisaille crasseuse, une étrange luminosité. Ignorant Renan, ils s'approchèrent de moi. Le premier me décocha un sourire qui se répercuta dans son regard noir.

— Pardon pour cette attente, j'avais d'ultimes dispositions à prendre, mais je suis à tes ordres à présent, Lou-Anne.

Je lui retournai un bref sourire, avant de lancer abruptement à Renan, dont je percevais le remugle d'émotions furieuses :

— Maintenant nous sommes au complet !

Il ne dédaigna même pas me jeter un regard, se contentant de donner à sa troupe l'ordre de départ. Avec une discipline impeccable, les guerriers Darvars avancèrent par deux, les muletiers en dernier, et fermant la marche, Monsieur Caillou portant presque nonchalamment sa hallebarde. À ses côtés, Baveux gambadait, heureux de ce qu'il pensait être une promenade sans doute. Ils me renvoyèrent un sourire immense qui réchauffa mon cœur malmené, tandis que chacun des pas du jeune troll, ressemblait à celui d'une montagne en marche. Enfin, je mis Boutade au trot, tandis que Carl, avec un naturel confondant, plaçait son grand hongre au botte à botte. Après tous ces mois, après tout ce qui s'était passé entre nous, son amitié était toujours intacte, pour ça j'étais chanceuse.

Hier, suite à mon entretien avec le Baron de Dunrad, j'avais filé à la place forte, fief du Maître Bourreau, sachant avec une intuition mêlée d'espoir, que je pourrais compter sur Carl. S'il avait été surpris de me voir, plantée-là au beau milieu de sa cour, il n'en avait rien montré. Il avait seulement hoché la tête, affirmant que je pouvais compter sur lui. De cela je n'en avais jamais douté.

Ce matin, c'était donc sous une pluie grise et molle que nous marchions, la boue giclant sous les pieds des chevaux, tandis que chacun d'entre nous se demandait où nos pas nous conduiraient. Vers une vengeance comme le pensait Renan ? Vers la Justice comme je m'accrochais à le croire, ou vers un soutien inconditionnel, comme le démontrait sans un mot, Carl, Monsieur Caillou et bien évidemment mon Baveux ?

À LA SORTIE de la ville, nous remontâmes la troupe afin de marcher aux côtés de Renan, en tête du convoi. Boutade encensait, coincé entre les deux chevaux aux robes contrastées qui le dominaient de beaucoup trop de centimètres à son goût !

Téméraire, comme à son habitude, lui lançait des coups d'œil assassins, tandis que son cavalier chevauchait, indifférent à la pluie, le regard brillant cependant des mêmes lueurs meurtrières que son étalon. Je laissai échapper un soupir, me demandant où tout cela nous mènerait, certaine pourtant de ne pas avoir d'autre choix que celui-ci. Que cela plaise ou non à mon Chevalier !

JE RÉDIGE ces lignes, à la lueur falote d'une chandelle, sous l'abri dérisoire bien qu'efficace d'une toile de tente. Il est tard. Dehors j'entends les chevaux entravés aller et venir, accompagnés par leurs mastications sourdes. Les grandes prairies ouvertes sur lesquelles Renan, le Capitaine et responsable de notre groupe, a jeté son dévolu, sont couvertes d'une herbe encore haute pour la saison. Un regain sucré qui enchante nos équidés. En moins d'une heure le camp était dressé, avec une ordonnance efficace, digne d'un ballet académique !

Certains s'occupaient de débâter les mulets, d'autres de monter les tentes, quand quelques-uns étaient déjà partis en quête de bois pour le feu. J'avais à peine fini de desseller Boutade, que tout était prêt, ou presque ! Les Darvars sont beaucoup de choses, y compris organisés…

Les tentes sont des tipis bas, érigés à l'aide de branches coupées dans les bois adjacents. Pas d'arbre ? Bah pas de tente, tout simplement ! Les Darvars ne s'arrêtent, semble-t-il, pas à de tels détails de confort. Ce soir, fatiguée aussi bien moralement que physiquement, je suis pour ma part, satisfaite d'avoir un endroit où me tenir au sec. Les soldats avaient dressé le tipi des officiers, qui ne différait en rien d'un autre, mais passons, au milieu du camp, proche du feu sur lequel chauffait de l'eau qui serait rajoutée à la préparation de base de la ration des guerriers. Cette tente est réservée aux officiers, apparemment être Questeur entre dans cette catégorie, au contraire de bourreau ! Carl et son aide, un homme au visage marqué qui contraste avec celui presque angélique de son maître, ont monté leur abri un brin à l'écart. La tonalité pourpre de la toile de tente, ne laissant aucun doute sur l'identité de ceux qui y logent.

Bref, me voici ramassée sous mon épaisse couverture en feutre, je n'ai pas vraiment froid, grâce à l'action bienfaisante de ma rune, toutefois je suis transie à l'intérieur, si glacée que j'en tremble, contre ça lequel aucune magie ne peut lutter. Avoir trouvé ce semblant de piste qui nous mènera peut-être aux meurtriers de Sir Robert et de Tybur, n'est pas une consolation. Un bol, empli de polenta Darvar, refroidit à côté de moi. Monsieur Caillou me l'a apporté tout à l'heure, accompagné par mon Baveux qui dort à présent répandu sur mes pieds, comme à son habitude. Sa présence est un réconfort dans le tournant et le désarroi de ma vie. Le tipi est assez vaste, il aura de quoi s'étaler. Intuitivement je sais que Renan ne viendra pas occuper la place qui l'attend. Il est le Capitaine, c'est sa tente après tout ! Non, il préférera dormir sous la pluie, avec son cheval, plutôt que de partager cet espace avec moi. Mon cœur ne sait plus qu'éprouver, je crois qu'il est ahuri de douleur. Je ne sais plus quoi ressentir pour Renan, tour à tour prise dans un maelström de colère, de chagrin, d'espoir, de passion dévorante aussi… J'ai tellement de difficultés à me reconnaître ! Où est passée la Lou-Anne pragmatique qui avançait sans se préoccuper de ses sentiments ? Je n'en ai aucune idée ! Trop de changements et de nouveautés en trop peu de temps. Trop de renoncements aussi…

Je soupire, faisant vaciller la flamme déjà fragile qui éclaire mon mince abri. En cette seconde je souhaiterais plus que tout voir Renan repousser la toile qui ferme le tipi, lui sauter dans les bras, le mordre de baisers fous et le frapper de toutes mes forces. Mes émotions à son encontre sont trop violentes, trop contradictoires, pour que je parvienne, du moins ce soir, à les juguler. Sans doute mieux vaut qu'il ne franchisse pas l'entrée de cette tente !

Je continuerai mes confidences demain. Ce soir je suis éreintée et trop triste pour poursuivre.

CELA fait plus de deux jours que je n'ai rien écrit. Je sens le regard désapprobateur de Sir Robert, peser sur mes épaules. Il faut que je remédie à ça !

Nous avons donc mis deux jours afin de gagner l'orée de la Verte Cépée, deux jours de voyage sous un temps grincheux, à l'image de l'humeur de mon Chevalier, je suppose. Seuls Baveux et Monsieur Caillou sont ravis de ce voyage ! Ils sautent dans toutes les flaques d'eau formant des cuvettes dans les chemins, éclaboussant chevaux, mulets et gardes au passage. La discipline semble être compliquée à exiger d'un troll, même pour Renan ! De mon côté, ils me font rire, me faisant oublier pour quelques instants le pourquoi de notre expédition. Durant une seconde ou deux, je retrouve un peu de ma joie de vivre, je me surprendrais même à sourire si les tombeaux joints de Sir Robert, Tyburg et Jean-Jacques, ne me ramenaient pas à la réalité.

Il est tard. Comme toujours j'écris à la lueur d'une pauvre bougie. Nous campons à la lisière de ce nouveau duché. Je ne sais pas ce qui nous attend, mais ce que je sais, c'est que rien ne me fera renoncer à entrer là-dedans et trouver les meurtriers de mon père adoptif ! Vengeance ou Justice, peu importe, ces meurtres ne seront pas impunis.

Ce soir les hommes sont nerveux, excités bien que redoutant les dangers que recèle cette forêt. Ils sont calmes, ne chahutent pas, ne rigolent pas non plus. Cette tranquillité est presque effrayante. Je sais qu'ils sont encore choqués par ce qui est arrivé, lorsqu'en milieu d'après-midi nous nous sommes arrêtés face à ce mur végétal, immense, compact, inquiétant. Je n'avais rien imaginé de pareil. Les descriptions qu'on avait pu m'en faire ne lui rendent pas justice ! C'est un mur qui coupe l'horizon, un mur fait de bois, d'écorce, de branches et de feuilles. Un mur vivant de près de 70 m de haut, qui oppose une frontière presque agressive avec la douceur des pâturages du Duché des Blanches Falaises.

La route, ou plutôt le chemin que nous devons emprunter disparaît sous la canopée qui forme un tunnel végétal, obscur et dense. Renan a fait signe de s'arrêter. Même Baveux et Monsieur Caillou se sont exécutés, sans doute sensibles eux aussi à l'atmosphère menaçante du lieu. D'un geste Renan a envoyé deux de ses gardes en reconnaissance. À peine ont-ils franchi d'un pas la lisière de la forêt, que sans même un bruit ou un frémissement, ils ont été brutalement stoppés. Leurs corps devenant en quelques instants d'un gris étrange, tandis qu'ils agonisaient dans des gémissements étouffés. C'était si rapide, si brutal, que nous sommes tous restés en sidération. Soudain une silhouette apparut. Elle considéra les gardes à présent devenus d'ignobles statues de pierre, sourit et leur flanqua un coup de pied. La pierre éclata, se répandant en poussière sur le chemin. Lui-même rit, avec un charme étrange qui était en contradiction totale avec ses actes.

J'étais à la fois subjuguée et horrifiée.

— Mes bons amis, s'exclama-t-il d'une voix à la sensualité dérangeante, vous n'êtes pas les bienvenus dans cette forêt. Repartez d'où vous venez.

Soudain j'aperçus la longue queue, touffue et brune telle celle d'un renard, aller et venir dans son dos, s'agitant avec un contentement de chat devant sa proie. Cela me tira immédiatement de la torpeur incrédule dans laquelle j'étais plongée. Je sautai à terre, me retournant vers Renan en murmurant :

— Toi et tes hommes vous allez rester là, quoi qu'il se passe, d'accord ?

Il fronça les sourcils, me renvoyant un regard dans lequel je découvris de la peur, pas pour lui, mais pour moi. Je posai ma main sur l'épaule de Téméraire, soutenant son regard :

— Ne t'en fais pas, je sais ce que je fais.

Il voulait sans aucun doute protester, m'attraper comme un ballot et m'emmener loin d'ici, je pouvais le lire dans ses yeux, il est parfois si transparent, mais il serra les mâchoires, se contentant de hocher brièvement la tête. J'allais m'éloigner, lorsqu'il saisit ma main, se penchant vers moi dans un imperceptible grincement de sa cotte de mailles.

— Fais attention…

Je lui renvoyai un sourire plus assuré que je ne l'étais en réalité.

— Ne t'en fais pas !

Puis je me retournai, enlevant la longue cape qui me protégeait de la pluie, la posant en travers de la selle de mon Boutade, dont je confiai les rênes à un garde. Puis d'un pas ferme, j'avançai droit vers la créature qui se tenait sur la frontière invisible entre les Duchés. Mon cœur battait la chamade, je savais ce que je faisais, je me souvenais de chaque minute de ma formation. J'effleurai ma clef, celle que je porte à mon cou, celle qui clôt le coffret renfermant mes affaires d'un autre monde, celle qui représente qui je suis. Mon mot de pouvoir s'enflamma lui aussi lorsque je me plantai fermement devant le gardien, ou celui qui s'en proclamait comme tel. Il me renvoya un sourire charmant, qui glissa sur moi. Je ne suis pas sensible à ce qu'il est.

D'un geste, j'écartai ma longue veste brune, posant presque nonchalamment une main sur mon livre de Justice, avant de susurrer d'un ton affable :

— Sais-tu qui je suis ?

— Et toi ? Sais-tu qui moi, je suis ? rétorqua-t-il, son visage se fermant, tandis qu'une lueur mauvaise parcourait son regard.

— Oh oui, je le sais, tu es une huldre. Ça n'a rien de très extraordinaire.

Il éclata d'un rire de hyène.

— Tu vas vite comprendre que l'ordinaire c'est toi, quand tu vas rejoindre tes gardes dans la poussière.

— Mais oui, vas-y je suis très curieuse justement...

Je le défiai, mettant toute la froideur dont je suis capable et dans mon ton et dans mon regard. Déstabilisé par mon assurance, un rictus malveillant tordit sa bouche, tandis que ses yeux étincelaient.

— Alors c'est tout ce que tu as dans le ventre ?
C'est décevant ! je ricanai, alors qu'il me dévisageait
avec colère et incompréhension.

Son regard étincela à nouveau, cependant je
suis immunisée contre lui. D'un bond, je le saisis par
un bras et en deux prises faciles le précipitai au sol,
où je le maintins.

— Ne bouge pas, où je te déboîte l'épaule, ce qui
est assez douloureux.

Il cessa de se débattre, tandis qu'une terreur
graduelle le paralysait. J'en profitai pour lui passer
les sortes de menottes dont sont équipés tous les
Questeurs. Deux clics et il était immobilisé. D'un
genou sur sa nuque, je le gardai au sol, réclamant
un bout de tissu et un sac. On me les lança, de loin.
J'entortillai le tissu autour de sa tête, bloquant son
regard et le rendant inoffensif. Par précaution je lui
mis le sac sur la tête, sait-on jamais !

Puis j'appelai Carl. Il mit pied à terre, et
s'approcha avec une curiosité évidente. Un sourire
planait sur son visage, tandis qu'il me lâchait d'un
ton tranquille, comme si nous prenions le thé :

— Je m'en occupe Lou-Anne...

Puis il se pencha vers l'huldre étalée sur le
chemin, tandis que je me redressai non sans avoir
un frisson d'épouvante qui remonta au long de mon
échine. Je le chassai presque rageusement. Je
n'étais plus en France ! Ici Questeur et bourreau
travaillent de concert et Carl, *de facto*, était mon
bourreau.

Avec une élégance de geste qui est sa seconde
nature, il se pencha sur la créature, faisant d'un ton
doux, qui rendait ses paroles encore plus
glaçantes :

— Je suis Carl de Lame, Maître bourreau de la cité de Vivefleur, nous allons faire un brin de conversation et je suis certain d'être enchanté de faire ta connaissance…

Puis il se redressa, tandis que son aide relevait la créature sans aucun ménagement. L'huldre bredouilla, ayant perdu toute sa superbe, en proie à une terreur incontrôlable. Les bourreaux entraînèrent leur victime derrière le muret d'un champ. Je détournai la tête, refusant d'en savoir plus.

Renan, qui avait sauté à terre, s'approcha de moi, les sourcils froncés :

— Comment as-tu fait ?

Je haussai une épaule négligente, espérant ne pas avoir à entrer dans les détails :

— Je suis une Questrice…

— Eh ? Cela te donne-t-il des pouvoirs surhumains ?

Je soupirai, tout en murmurant :

— Non, évidemment, néanmoins cela me donne certains avantages.

Il m'attrapa par un bras, refoulant certainement une envie de me secouer comme un prunier. Il se contenta de gronder à voix basse :

— Et tu savais que tes « avantages » seraient efficaces face à une huldre ?

D'une secousse, je dégageais mon bras de sa poigne, soutenant son regard :

— Disons qu'en théorie, oui.

Il serra si fort les mâchoires que j'entendis ses dents grincer. Avant qu'il puisse m'abreuver d'injures, je poursuivis :

— Au terme de sa formation, chaque Questeur reçoit plusieurs protections, tu dois savoir ça ! Un mot de pouvoir sous forme de tatouage, l'anneau de Queste ainsi qu'un bouclier contre les attaques magiques. Cet enchantement, puissant, est relié directement à un objet qui nous est important et que nous portons toujours sur nous. Un objet ordinaire : collier, bague, broche ce genre de choses. Le mien tombait sous le sens : c'est ma clef, celle du coffret où se trouvent les affaires provenant de mon monde, que tu es le seul à connaître à présent... Les attaques d'une huldre étant générées par la magie, théoriquement je ne risquais rien, et en pratique, ça s'est confirmé !

Il ne dit rien, seules des émotions contradictoires passèrent dans son regard gris et orageux. J'eus envie de le serrer dans mes bras, de le rassurer, même si un guerrier Darvar comme lui, n'en a pas besoin, ou du moins le proclame-t-il. Je me contentai d'effleurer sa main de mes doigts :

— Fais-moi confiance, d'accord ?

Il retint je ne sais quels jurons ; sans répondre il se retourna vers son sergent, lui jetant des ordres péremptoires, et me laissa plantée là. C'était à mon tour de retenir quelques expressions venues tout droit de Marseille ! J'ai néanmoins préféré aller m'occuper de Boutade : il est inutile que je perde mon temps à me disputer avec Renan !

Pendant qu'un camp provisoire se montait dans les prairies, sous l'ombre menaçante du mur végétal de la Verte Cépée, je suis allée voir où en était la conversation entre Carl et son interlocuteur involontaire. Contournant un mur bas de pierres sèches, je les vis tous les trois. Les chevaux noirs broutaient paisiblement un peu plus loin, tandis que l'huldre, appuyée contre le muret, paraissait en bon état, si ce n'était un filet de sang qui s'écoulait depuis son visage jusque dans son cou. Je refusai de m'attarder là-dessus, préférant me concentrer à la place sur Carl qui se redressait en me voyant, un bonheur palpable dansant au fond de ses prunelles sombres. Malgré tout le passé compliqué que nous avons, il semblait plutôt heureux de me voir.

Assister à l'application de son travail, me met pourtant toujours aussi mal à l'aise, aussi ce fut d'un ton froid que je demandai :

— Alors, où en est-on ?

— Notre ami à queue touffue est un bavard à la conversation très agréable et déliée.

— Parfait ! A-t-il parlé de ce qui nous attend là-dedans ?

Il hocha la tête avec cette élégance qui n'appartient qu'à lui.

— Oui. Il est le gardien de la porte Est, aucune personne non autorisée n'était encore entrée par là. Les bois sont calmes, mais plus nous irons loin, plus nous nous enfoncerons dans cette forêt, plus les dangers seront présents. Il subsiste encore des dryades dans les parties les plus préservées…

C'était à mon tour de hocher la tête. Ce n'était pas une révélation, tout au plus une confirmation de ce dont je me doutais. Pour les dryades, c'était une mauvaise nouvelle, mais avant qu'elles s'éveillent il faudrait qu'un événement majeur, telle qu'une convocation, les fasse sortir de leur sommeil végétatif. Donc on verrait à ce moment-là !

— Peux-tu lui demander s'il a vu passer une troupe à cheval d'une petite trentaine de personnes, aucune humaines, certaines blessées, ces dernières semaines ?

Carl se pencha vers la créature assise en tas sur l'herbe humide et lui chuchota dans l'oreille, d'un ton affable qui me glaça plus que n'importe quelle menace :

— Tu as entendu la Questrice, n'est-ce pas ?

L'huldre sursauta, tressaillit, se mettant à sangloter avant de bredouiller :

— Je vais répondre, je vais vous dire… mais pitié pas mon autre œil !

Je frémis, tandis qu'un goût de bile se répandait dans ma bouche. Carl perçut mon malaise, il me décocha un regard qui se voulait rassurant, avant de répondre à sa victime :

— Eh bien nous sommes tout ouïe.

C'était un interrogatoire, et je savais que je ne devais montrer aucune faiblesse, même si je réprouvais cette manière de procéder, je n'avais pas à la juger. De plus, le souvenir des gardes tués sur le coup, m'aida je dois l'avouer, à supporter l'horreur. Celui-là qui pleurnichait à présent, n'avait pas hésité à donner la mort, à supprimer deux bons gars rieurs et braillards qui ne méritaient pas une telle fin.

— Il y a moins d'un mois, une troupe est venue, c'est vrai. Je sais pas comment vous le savez, mais ils sont effrayants ! Ils m'ont bousculé en se vantant d'avoir tué le Boucher des Purges !

— Où sont-ils allés ?

— Je sais pas, bafouille-t-il, je sais pas… Mais à leur accent ils n'étaient pas d'ici. Ils venaient de plus loin à l'Ouest. Peut-être des Monts Touffus, certains avaient des poneys de cette région. J'en sais pas plus…

Il se remit à sangloter, dans un tel état de stress qu'il me fit presque pitié, si ce n'était cette colère qui jugulait ma mansuétude naturelle.

Je dévisageai Carl.

— Puis-je me fier à ce qu'il dit ?

— Dans son état il ne peut pas mentir, même s'il le voulait. Donc oui.

Son aide lui flanqua un coup de pied afin qu'il cesse de pleurer, ce qui le calma aussitôt. Je restai de marbre, même si ces méthodes me laissaient stupéfaite. Je suis une étrangère ici, ce n'est pas à moi de changer ce monde, ni d'y apporter mes propres valeurs. Au contraire, c'est à moi de m'adapter, autant que je le peux…

Carl poursuivit d'un ton presque serein :

— Sans doute est-il temps pour ton jugement, maraud. Par chance, tu as un Questeur, ce n'est pas moi aujourd'hui qui déterminerai ta sentence, mais peut-être est-ce moi qui l'appliquerai…

Les gémissements de l'huldre terrifiée, redoublèrent, tandis que j'assénai d'un ton froid :

— Je suis Lou-Anne de Malandre des Champs de France, Questrice. Tu es accusé du double meurtre de deux gardes du roi, pour cela c'est la mort. Cependant au vu de ta coopération, cette peine est commuée en prison à perpétuité. Tu seras emmené demain, dès la première heure, vers la cité de Blanche, où tu seras incarcéré. Je laisse au Questeur de la ville le soin de juger de l'avenir de tes yeux.

C'était le premier jugement que je rendais. Mon cœur battait la chamade. Avais-je été à la hauteur ? Je n'avais pas besoin de consulter mon livre de Justice, pour savoir que oui. Je ne me sentis pas plus fière pour autant. Malgré ce qu'il avait fait aux gardes — et à combien d'autres personnes auparavant ? — il allait pourrir dans une geôle, loin du soleil, du vent et des arbres. J'ai une conscience aiguë de ce que ma position me permet, et je sais que Renan a raison : je dois me méfier, entre Justice et Vengeance la frontière est faible.

L E LENDEMAIN matin nous sommes entrés dans cette forêt, malgré la peur sourde qui nous tenaillait tous, ou du moins Boutade et moi, pour les autres comment savoir ce que les Darvars ressentaient !

À chaque pas nerveux de mon hongre, je me demandais si tout cela n'était pas une vaste bêtise. Puis, je me souvenais de la bonté de Sir Robert, de sa droiture et ma colère revenait, plus forte que la peur. Les arbres étaient colossaux. La forêt était structurée en différents niveaux de végétation, filtrant les rayons du soleil jusqu'à avoir une pénombre quasi permanente au sol. Je ne pouvais me départir d'un sentiment étrange, les descriptions de Tolkien me revenaient, sans doute n'était-ce pas le meilleur moment pour ça, puisqu'il me semblait entrer dans la forêt de Fangorn et nous faire d'une minute à l'autre interpeller par un Hant.

C'était ridicule, ici nul gardien des arbres, les créatures qui y vivaient n'avaient rien en commun avec ces bergers de la forêt. D'un mouvement, je chassais ces pensées idiotes et parasites afin de me concentrer sur le présent. Oublier les influences de mon monde, de ma vie avant ce plongeon dans cet univers étrange dans lequel je vis maintenant.

Je ne reconnaissais pas la plupart des arbres ou plantes, n'ayant jamais été très calée en botanique. Dommage qu'Ambroisine n'ait pas été là, elle aurait pu nous dire tout ce qu'il y avait à savoir sur chaque minuscule plantule. Mais la place d'une herboriste n'était sans doute pas avec un groupe comme le nôtre…

Nous avons donc avancé ainsi durant deux jours, deux longues journées à guetter chaque bruit, à sursauter au moindre envol d'oiseaux dans la canopée ou au plus petit frémissement d'une feuille agitée par un lézard ou une grenouille arboricole. Mais rien d'autre que le bruissement du vent ou l'étonnement d'une biche, ne vint surprendre notre troupe. Tout était d'un calme plat inattendu. Renan semblait trouver cela trop paisible, quand je poussais de mon côté un soupir soulagé.

Le chemin continuait, rectiligne, droit vers l'ouest, tel un coup d'épée passé au travers des bois. Carl m'expliqua, avec son érudition sans limite, que cette route, n'était pas très ancienne. Elle avait été bâtie il y a une dizaine d'années par le roi Darvar, d'où son nom : la Trouée du Roi. Elle remplaçait un chemin malaisé et inextricable, qui avait subsisté durant des siècles afin de permettre de rejoindre les autres Duchés. Construite avec la sueur et le sang de milliers de prisonniers de guerre, elle n'était cependant guère utilisée.

Renan ne disait rien. Il se contentait d'avancer, ses sens aux aguets, se souvenant sans doute de la première fois, où bien des années auparavant, il l'avait traversée. De temps à autre, il jetait un bref coup d'œil à Carl qui chevauchait à ma gauche. Sa présence ne l'enchantait pas, mais rien dans cette expédition ne lui plaisait ! Je ne pouvais que le rejoindre sur ce sujet, j'aurais et de loin préféré que Sir Robert n'ait pas été tué. Nous serions alors tous deux, mon Chevalier furieux et moi-même, peut-être sous une couette à vivre des moments bien plus agréables que celui-ci. Mais le passé ne peut être changé. Sir Robert était mort et nous étions, non plus dans une connivence amoureuse, mais dans celle d'un froid glacé.

Tandis que nous avancions, j'étais stupéfaite par la beauté de ce lieu hors du commun. Je ne m'attendais pas à ça ! Pas à m'émerveiller des couleurs délicates de fleurs, embrasant soudain une liane, partie en escalade triomphante d'un hêtre colossal. Puis une libellule mordorée s'envolait, tandis qu'un papillon, traversant le chemin, se posait une seconde sur la crinière sombre de mon Boutade. Contraste de ses ailes colorées sur la noirceur des crins. Au fil des heures, alors que nous étions baignés dans un calme presque surréaliste, j'avais l'impression d'être une exploratrice, m'enthousiasmant béatement sur chaque insecte ou jeu de lumière entre les feuilles luisantes de la canopée. Aux coups d'œil de Renan, je supposais que mon attitude l'horripilait. Je m'évertuais pourtant à garder pour moi mes cris d'admiration, mais sans doute me connaissait-il trop, pour ne pas interpréter chacun de mes gestes, mes silences compris !

La première nuit se déroula dans le calme intimidant d'une immense clairière, couverte d'une herbe juteuse et abondante, dont nos chevaux se régalèrent. Les hommes et le matériel, prirent place sous les bâches, tendues entre les arbres. Un je-ne-sais-quoi m'avait fait dire que couper du bois afin de dresser nos tentes, ne serait pas très judicieux. Était-ce une simple réminiscence d'un passage d'un roman de fantasy, ou bien une réelle prémonition, en tout état de cause cela sembla logique, voire prudent, à notre capitaine. Pour une fois il approuva, sans être tenté de me balancer un mot désagréable.

Les bruissements nocturnes m'empêchèrent de dormir, inquiète sans doute par cette immensité inconnue, même pas rassurée par les tours de garde vigilants des soldats. Seule la présence tendre et réconfortante d'une certaine personne aurait peut-être réussi à chasser mon anxiété, mais là-dessus je savais que je ne pouvais pas y compter... Je me retournais donc sous ma couverture, retenant des larmes de rage et de tristesse, sans que cela ne m'aide à trouver le sommeil. Au petit matin, les premiers rayons de soleil déchirèrent le couvert végétal, accompagnés par une soudaine cacophonie, celle de grands oiseaux aux plumages colorés, les Moqueurs sylvestres, comme m'expliqua Carl en me tendant une tasse d'un thé brûlant et parfumé. Son attention me toucha, bien plus qu'il n'était nécessaire. Cependant depuis mon retour je me surprenais à surréagir, submergée par une houle d'émotions et de sentiments que j'avais bridés durant un an.

Il me fixa une seconde, alors que mon regard glissait sur lui, cherchant sans que je n'y puisse rien, la haute silhouette de celui qui occupait mon cœur. Je le vis en train de jeter des ordres secs à ses hommes. Je détournai la tête avant qu'il sente que je l'observais. Mon regard croisa alors celui si sombre de Carl, et sans que je parvienne à dissimuler quoi que ce soit, il put lire jusqu'au plus profond de mon âme, y voyant tous les tourments qui s'y agitaient en oscillations contradictoires. Je plongeai le nez dans ma tasse, gênée, furieuse contre moi-même.

— Ne t'en fais pas..., murmura-t-il soudain de cette voix, qui pouvait être tour à tour si rassurante et si terrifiante. Ton Chevalier est fou de toi, il n'a peut-être pas les notions basiques de pardon, néanmoins il reviendra vers toi, ça ne fait aucun doute.

Je rougis, avant de bafouiller :

— Je... Je ne tiens pas à discuter de ça avec toi, s'il te plaît !

Il hocha la tête, me renvoyant un sourire apaisant.

— Nous avons fait le tour de ce qu'il y aurait pu avoir entre nous, nous le savons tous les deux. À présent nous sommes amis, et les amis sont faits pour se soutenir dans l'adversité, non ?

— Tu es là, tu as tout laissé tomber afin de m'accompagner dans cette traque, je n'en demande pas plus.

Il hocha la tête en souriant :

— Ça, ce n'était pas le plus difficile !

CETTE deuxième journée se déroula dans un calme tout aussi étrange que la précédente. Ce soir l'est encore plus. Il est tard. J'écris assise à une table, dans une chambre au confort rustique. Oui, une chambre ! En fin de journée nous sommes tombés sur cette auberge construite en bord de la Trouée du Roi. Renan m'a jeté un coup d'œil auquel j'ai répondu d'un imperceptible hochement de tête. C'était une occasion idéale pour que les hommes se détendent et surtout pour glaner des renseignements. Enfin nous allions rencontrer des habitants de ce Duché, car outre cette huldre, nous n'avions pas vu âme qui vive.

En entrant, nous avons jeté un froid parmi la poignée de consommateurs, tandis que de surprise, le patron laissait s'échapper la timbale qu'il essuyait. Était-ce la petite vingtaine de gardes ? La carrure de leur capitaine, dont la cape blanche ne laissait aucun doute sur ce qu'il était ? La veste rouge de Carl et de son aide ? Moi-même, qui avec mon livre de Justice pendant au bout de ses chaînes, n'offrais rien de très rassurant non plus ?

Un silence de mort s'étendit sur l'assistance. Tous nous dévisagèrent avec un effroi palpable. Soudain, Monsieur Caillou entra à son tour, lançant d'un ton inquiet et néanmoins plein d'espoir :

— Louve, je peux venir aussi ?

Sa présence aurait terrorisé n'importe qui, toutefois elle apporta ici la touche d'anormalité qui paradoxalement soulagea tout le monde. Les consommateurs retournèrent à leurs boissons et à leurs conversations, pendant que je m'avançais vers le tenancier, debout derrière un comptoir en bois poli.

— Bonjour, est-il possible de manger et de rester ici pour la nuit ?

Il me considéra avec effarement, s'arrêtant une fraction de seconde sur mon livre ainsi que sur mon arbalète. Je ne sais pas ce qui l'effrayait le plus : que je sois une humaine ou une Questrice !

— Euh, oui, bien sûr, bégaya-t-il.

À son tour Renan s'approcha. Moins diplomatique que moi, est-ce surprenant..., il réquisitionna les écuries pour les chevaux, ses hommes et le matériel.

Le barman ne put que hocher la tête, trop effrayé pour protester. Tandis que Renan partait distribuer ses ordres à son sergent, je réclamai deux chambres : une pour moi et l'autre pour Carl. Je savais par avance que dormir dans le fenil d'une grange n'était pas le rêve de ce dernier ! Il hocha à nouveau la tête, séchant toujours nerveusement ses verres. Je dardai mon regard clair dans le sien, lui instillant une froideur que je savais intimidante. D'une pensée, j'activai ma rune de persuasion, la sentant s'embraser à l'intérieur de mon avant-bras, je demandai d'un ton sec :

— Vous êtes la première auberge de la route, n'est-ce pas ?

L'homme, ou je ne sais exactement ce qu'il était et je m'en fichais assez, approuva en ballant de la tête, à croire qu'il avait perdu l'usage de la parole !

— Il y a de ça quelques semaines, trois au plus, avez-vous vu passer une troupe montant des poneys des Monts Touffus ? Ils se sont certainement arrêtés ici.

Il parut réfléchir, puis fit à mi-voix, éructant les mots contre son gré :

— Oui ils étaient une trentaine. Des braillards qui gueulaient partout qu'ils avaient débarrassé le monde du Chevalier de Malandre ! Que nous étions tous vengés... Enfin ce genre de propos d'alcooliques, quoi !

— Vous ne les avez pas crus ?

— Bah non, jusqu'à ce qu'ils posent le sceau du Chevalier sur mon comptoir... Là, on a compris qu'on aurait des emmerdes sous peu. Donc j'suis pas étonné de vous voir, quoi.

Son sceau ! Les assassins avaient volé son sceau afin de l'exhiber en trophée. Un froid polaire fait de colère et de détermination, sembla couler dans mes veines, y répandant un feu glacé. Je leur ferai bouffer leurs entrailles à ces meurtriers !

Je le cuisinai quelques minutes encore, puis le laissai sur ces paroles, avant qu'il ne décède complètement :

— Merci pour les renseignements. Je ne me suis pas présentée, veuillez m'excuser. Je suis Lou-Anne de Malandre des Champs de France, Questrice.

À l'énoncé de mon nom, il devint d'une pâleur translucide. Il bégaya, serra si fort le verre qu'il le brisa, se coupant au passage. Je crois que le nom de Malandre l'effraya bien plus que mon titre !

Finalement les gardes envahirent la salle, se jetèrent sur les réserves de bière, alors que je prenais place à une table à côté de Carl. Il considéra l'agitation braillarde des Darvars avec un petit sourire en coin, tout en buvant un thé noir, aux saveurs inconnues. Les autres clients n'osaient rien dire, tout au plus s'éclipsèrent-ils sans bruit. Les Darvars entonnaient à présent des chants venus de leurs îles lointaines, faisant trembler l'auberge sous leurs voix gutturales ! Renan, comme toujours, trinqua avec ses hommes, avant de traverser la salle et rejoindre notre table. Il se laissa tomber sur le banc face à nous, dans un grincement particulier de cuir et d'acier, me considérant de son regard froid.

— Alors, tu as tes renseignements ?

Je bus une gorgée d'une bière âpre, avant de lui répéter les propos de l'aubergiste.

— Tu sais où ils sont allés ?

— Ils ont continué sur la Trouée du Roi, droit vers l'ouest.

Il ne manifesta ni satisfaction ni surprise, se contentant de lâcher un bref « d'accord ». Sans se perturber plus que ça, il prit ma chope, la vida d'un trait, avant de se lever sans même rajouter une syllabe. Décidément, la capacité d'énervement qu'il provoquait en moi restait une constante ! Je serrai les dents, ravalant un flot d'invectives, plus agacée par son apparente indifférence que par tout autre chose. Je détournai mon regard, préférant reporter mon attention sur la salle, sans quoi je risquais bien de perdre mon calme ! Comment se faisait-il qu'il soit capable d'irriter chacun de mes nerfs, plus sûrement que des ongles grinçant sur un tableau noir, alors qu'à la même seconde mon cœur semblait s'ouvrir en deux...

Je préférais observer Monsieur Caillou, qui s'enfilait allégrement bières sur bières à la grande joie des autres gardes. Je me demandai une seconde comment il allait pouvoir digérer tout cet alcool, puis repoussai cette pensée un peu trop maternante. Après tout, il était en âge de voler de ses propres ailes... Même si cette constatation m'était difficile à admettre !

À côté de moi, je sentis Carl sourire, ou du moins réprimer quelques plaisanteries. Je lui lançai un coup d'œil acerbe, ma patience limitée n'aurait pas pu supporter la moindre réflexion. Il me retourna un sourire désarmant, tout en s'exclamant :

— Je n'ai rien dit ! Pas besoin de me sauter à la gorge !

— Tu as pensé tellement fort que je t'ai entendu, maugréais-je.

Il me décocha un nouveau sourire, sans rien répondre, préférant à son tour observer l'animation de la salle. Après tout, il n'avait pas si souvent l'occasion d'entrer dans une auberge, et sans doute, appréciait-il le moment.

Il est temps que je range stylo et carnet, il est tard. Sans doute demain, Renan va encore nous faire lever dès l'aube, ce que je ne peux qu'approuver. J'ai hâte de clore cette affaire, de rendre justice à Sir Robert et de pouvoir, ensuite, penser à lui avec sérénité, sans ce poids atroce qui m'obsède et brûle ma gorge d'une colère mortelle.

Nous avons beaucoup marché ces derniers jours. La forêt n'est pas égale comme je le croyais. Par endroits elle est presque impénétrable, alors que plus loin, elle est quasiment domestiquée autour de villages où jardins potagers et vergers se côtoient. Nous passons alors au milieu de maisonnettes en bois, aux toits en bardeaux sombres et moussus. Des enfants, ainsi que tous les enfants, jouent alentour, et curieux, courent afin de voir passer notre équipage. Ils s'exclament dans une langue étrange, variant d'un lieu à l'autre, en voyant les chevaux, les mulets, les uniformes des gardes, la silhouette de Renan son épée au côté, les vestes rouges de Carl et son aide. Seul Monsieur Caillou ne paraît pas susciter de curiosité !

Les enfants sautillent, crient, piaillent, faisant broncher mon Boutade. Il roule de gros yeux, entre peur et contrariété, leur lançant des regards incertains. Par précaution il tente une démarche en crabe, afin de s'éloigner du danger potentiel. Du talon je contiens sa tentative, tandis que Téméraire, impavide, le bloque aussi sûrement qu'un mur de béton.

Les enfants, toutes espèces confondues, humains compris, s'émerveillent sur notre passage. Je peux voir des étoiles scintiller dans leurs yeux. Sans doute joueront-ils ensuite « à la troupe de chevaliers » et sans doute aussi, allons-nous susciter des vocations : combien d'entre eux rêveront d'être plus tard, gardes ou Chevaliers ?

Tout semble si paisible, si normal, si harmonieux dans cette réalité où tout est pourtant si étrange.

Les arbres sont omniprésents. Nul champ, hors quelques minuscules clos, ne vient emporter le regard vers un vaste horizon. La vue s'arrête à quelques centaines de mètres, au mieux, stoppée par le mur végétal. C'est presque étouffant. Notre lent cheminement laisse tout le temps à mille pensées d'aller et venir. En voyant les gosses, je songe à ma propre enfance. Je me revois jouant avec mes cousins aux gendarmes et aux voleurs. J'étais toujours le gendarme, même lorsqu'ils décrétaient qu'en étant une fille je ne pouvais pas jouer à des jeux de garçon. Je les poussais alors, furieuse, leur montrant ce que c'était une fille, avant de les coller en prison sous un tamaris aux branches basses.

Je me demandais ensuite, au gré de pensées hétéroclites, quels étaient les rêves de petit garçon de Renan qui, aussi imperturbable que son étalon, chevauchait à mes côtés. Avait-il voulu être Chevalier ? Était-ce son rêve d'enfant qu'il réalisait aujourd'hui ? Et Carl ? À quoi rêvait-il dans la forteresse familiale ? Et aujourd'hui, à quoi rêvaient-ils tous deux ?

La nature, les paysages, n'avaient ici rien en commun avec quoi que ce soit de connu. La forêt, à la fois étouffante et fascinante, nous cernait à chaque instant. Pourtant, je l'aurais cru plus sauvage, moins peuplée sans doute. J'allais donc d'étonnements en stupéfactions, et chaque pas de Boutade était une découverte. Les villages paisibles, les fleurs qui s'épanouissaient dans les fourrés longeant la route, ou bien encore aux longs de plantes grimpantes qui prenaient d'assaut les troncs des arbres en une étreinte presque voluptueuse. Des écureuils affairés sautillaient à la recherche de noix, tandis que là-haut dans la canopée, des oiseaux, invisibles depuis la route, faisaient frémir toute la forêt sous leurs cris et leurs chants stridents.

Un frou-frou, une feuille s'agitant sans que nulle brise ne le fasse, et je pouvais deviner le passage fugace d'une biche ou d'un grand daim qui, effrayés par notre troupe, gagnaient les profondeurs des bois en quelques bonds.

On aurait pu croire que tout était noyé dans une semblable verdeur, d'une platitude affligeante. En fait, il n'en était rien ! La Verte Cépée est une succession de collines sur lesquelles la forêt s'étend, nivelant le paysage et le terrain. La route avance rectiligne, sans se préoccuper de la moindre topologie, en un azimut brutal ! Sans même le savoir j'aurais deviné qu'elle avait été construite par les Darvars, qui d'autre auraient fait un tel ouvrage, et surtout de cette façon !

Tout est si paisible, que ce calme, cette quiétude m'angoisse. Parfois je me laisse aller à m'extasier sur la beauté d'une fleur, d'un paysage, cependant je ne peux oublier pourquoi nous sommes ici. Nous ne sommes pas en voyage touristique, loin de là !

Des rubans s'agitant mollement dans une faible brise me le rappellent alors dans la seconde. Accrochés aux branches d'arbres géants, ils les parent en un geste que je sais à la fois de respect et de peur. Les villageois des alentours, toutes races confondues, viennent aux pieds de ces colosses afin de les honorer, confiant leurs peines, leurs espoirs et leur offrant ces longs rubans qu'ils nouent autour du tronc, le long des branches. Ce sont les arbres-dryades. Vivre à côté de telles créatures doit être si effrayant ! Sans doute par leurs dévotions espèrent-ils moins la réalisation de leurs souhaits, que d'être épargnés le jour où la dryade se réveillera...

En passant sous les branches de ces vénérables, je ne peux me départir ni d'une peur sourde ni d'une certaine nostalgie. Je me souviens de l'attaque de ces créatures, réveillées par les sorcières de ce village où nous nous étions rendus, Renan et moi, afin de sauver Ambroisine. Avec un frisson, je me souviens du massacre qui avait suivi nos questions. Je me souviens de ma terreur, du sang et de l'épée de Renan qui, tranchant les chairs, se battait moins pour sa vie que pour la mienne et pour l'honneur de son roi. Puis il y avait eu ces monstrueuses créatures, comme vomies par les arbres. Les évoquer fait monter en moi une bouffée de terreur, tandis que nous passons, paisibles, sous le couvert de l'un de ces monstres pour l'heure endormi. Je ne peux m'empêcher de jeter un coup d'œil à Renan qui, impassible, chevauche à ma droite. J'ai appris comment vaincre la plupart des créatures magiques, sauf bien entendu les dragons. Par chance, ces derniers ont été éradiqués il y a de ça des centaines d'années, restent les dryades. La seule manière de les vaincre c'est de les brûler dans leur sommeil, et encore, avec un feu spécial et des températures que du simple bois ne peut réaliser. Une fois éveillées, je ne donnerai pas cher de notre peau… Renan, ses gardes, Carl même, ont-ils conscience de ce danger omniprésent ? Ou suis-je la seule lucide ?

Les rubans, offrandes colorées, se balancent en rythme tandis que mes souvenirs rembobinent le cours du temps. Évoquer les dryades sera aussi toujours lié non seulement à la peur et au sang, mais à cette nuit, la première passée entre les bras de Renan… Une mélancolie poignante me tombe dessus, à l'improviste, me faisant monter les larmes aux yeux. Décidément me voici devenue bien émotive ! Une part de moi voudrait se tourner et sangloter contre l'épaule de mon Chevalier, tandis qu'une autre, atterrée de honte, souhaiterait m'assommer de claques ! La dichotomie de mes émotions, inconnue jusqu'alors, me laisse stupide. Boutade, indifférent aux arbres et à tout ce qui ne se mange pas, à peine effrayé par les mouvements lancinants des rubans, continue à avancer, m'emportant loin de mes souvenirs et c'est aussi bien !

Je donnerais cher afin de connaître les pensées de Renan. À quoi songe-t-il tandis que la brise passe dans ses cheveux hâtivement réunis par un latigo, tout comme elle passe dans les feuillages et les rubans décolorés par le temps et les saisons. Aucune émotion ne vient agiter son visage. Imperturbable, il avance au rythme des foulées de Téméraire, son regard fixé sur le chemin, comme indifférent. L'est-il vraiment ? Je sais que non, mais je sais aussi qu'il ne laissera rien paraître, peu importent les tourments de son cœur.

NOUS avons marché au long de journées semblables, à la quiétude à peine troublée par le frissonnement des feuilles bousculées par notre passage. J'en venais à douter : et si nous ne rattrapions jamais les meurtriers ?

Sans nous en rendre compte, nous avions obliqué afin de prendre un autre chemin, quittant la Trouée du Roi, pour une route plus tortueuse : celle menant aux Monts Touffus. Au fur et à mesure que nous avancions, je pouvais constater le changement dans la végétation et les paysages. Le terrain montait de plus en plus franchement, tandis que des roches grises perçaient la surface de la terre. Les grands arbres majestueux laissaient place à une flore arbustive à la fois peu dense et basse. Pour la première fois depuis des jours, nous pouvions voir plus loin qu'à trois pas !

Deux jours à peine après avoir laissé la Trouée du Roi derrière nous, nous montions notre bivouac au sommet de l'une de ces collines dodues, hérissées de roches grises, parsemées d'une herbe touffue, qui fit le bonheur de nos chevaux. Une fois entravés, ils s'égaillèrent le long de pentes herbeuses, ravis de l'aubaine. Je les observais quelques minutes, fière de mon Boutade devenu aussi endurant que Téméraire ou presque ! Avec détermination, il disputa une touffe d'herbe juteuse à une grosse mule, même pas effrayé par la différence de gabarit ! Faisant mine de la mordre il la poussa et s'attribua l'herbe, une lueur goguenarde dansant dans son œil. Je réprimai un sourire et le laissai à ses activités, puisqu'il n'avait visiblement pas besoin de moi !

Je préférai aller m'asseoir plus loin, sur une longue pierre plate, afin d'admirer la vue et le soleil couchant. C'était assez incroyable de surplomber la forêt, qui s'étendait à perte de vue telle un océan aux verts mouvants. Un vent effleurait la canopée, la faisant frémir en vagues, semblables à celles agitant la mer. Le soleil, lui, disparaissait peu à peu dans une illumination de pourpres et d'or, et toute la forêt paraissait s'embraser, prise dans un incendie chatoyant. Je restai là de longues minutes, fascinée, mon carnet ouvert sur mes genoux, trop absorbée par le paysage pour songer à écrire.

Soudain une masse velue se jeta sur moi, bouscula mon carnet et me noya à demi sous des bisous gluants. J'éclatai de rire, caressai le gros tas d'affection, avant qu'il s'écroule enfin, la tête répandue sur mes cuisses, un filet de bave s'écoulant de ses babines éparses. Une ombre s'étendit sur nous, sans que Baveux ne frémisse, tandis qu'une voix en éboulis s'exclama :

— Tiens Louve, c'est pour toi !

Une grosse main caillouteuse apparut dans mon champ de vision, tenant avec une délicatesse dont on l'aurait cru bien incapable, une fleur à la beauté fragile et au parfum subtil.

— Pour mettre dans ton carnet, ajouta-t-il tandis que je prenais le délicat présent.

Je lui renvoyai un sourire, touchée par sa gentillesse. Comment un troll pouvait-il être sensible à ce point ? Voilà qui était mystérieux ! Cependant, pour moi, Monsieur Caillou n'était pas un troll, un ami ça oui.

— C'est beau ici ! dit-il d'un ton joyeux, tandis que je le contemplais avec la même fierté que j'avais pour mon Boutade !

Décidément mes protégés avaient bien évolué en mon absence. Tout à coup il se redressa, inquiet, se dandina d'un pied sur l'autre, faisant presque frémir la colline.

— Faut que j'y aille, sinon le sergent va crier...

Je retins un sourire tandis que je le suivais des yeux, Baveux, toujours endormi, à moitié sur moi. Puis je reportai mon attention sur le paysage, tout en respirant le parfum de la fleur aux pétales vaporeux.

Des pas, un déplacement d'air, je levai la tête, surprise. Qui venait encore ? Je croisai un regard d'océan, tandis qu'il m'ordonnait d'un ton abrupt :

— Tiens, mange !

Il me tendit un bol fumant, rempli de la sempiternelle polenta épicée. Mon cœur se désagrégea sous l'attention. En méritais-je autant, rien n'était moins sûr ! Je pris le bol, beaucoup trop troublée pour répondre quoi que ce soit. Sans rien ajouter, il me laissa là, en proie à une houle d'émotions tandis que je suivais du regard sa haute silhouette, sa cape blanche de Chevalier ondoyant dans son dos. Ce n'est qu'au bout de plusieurs secondes que je remarquai la chaleur du bol, et la brûlure de mes doigts. Réprimant un cri, je le posai sur la roche tandis que Baveux relevait la tête. Un sourd grondement monta de sa gorge, alors que Carl s'approchait. Je posai une main apaisante sur la tête de mon gardien, tandis que Carl s'accroupissait avec élégance à côté de moi. Il me lança un court sourire tout en me tendant une tasse.

— Tiens, du thé, il commence à faire frais, ça te fera du bien.

Je faillis pleurer de toutes ces attentions. Je balbutiai un merci inaudible avant de prendre la tasse. Il s'assit à côté de moi, tandis que Baveux se rendormait, toujours vautré sur mes genoux.

Au bout de quelques minutes, montrant le bol, il remarqua :

— Ton capitaine n'a pas tort, tu devrais manger. Puis il ajouta, d'un ton plus bas, presque doux. Ils tiennent tous à toi, même ce machin qui n'a rien d'un chien !

Je baissai la tête afin qu'il ne remarque ni mes larmes, ni mon émotion. Je savais que c'était leur manière de me dire qu'ils m'aimaient, qu'ils se souciaient de moi. Même Renan et même Carl…

CELA fait plusieurs jours que je n'ai pas pris le temps d'écrire. J'imagine déjà le regard de Sir Robert, et c'est seulement pour ça que ce soir je m'astreins à prendre mon stylo et ouvrir ce carnet. En quelques courtes journées, il s'est passé tant d'événements que je ne sais pas trop par où commencer. Nous sommes, pour cette nuit au moins, dans une auberge au confort spartiate, mais qui permettra à nos soldats de récupérer. Un spécialiste en hominidés, une sorte de médecin quoi, a même été trouvé afin de s'occuper des blessés. Renan semblait tenir à soigner ses plaies à coups de bière et j'ignore encore, comment ces gars, lui compris, peuvent être debout et vociférer dans la salle après les blessures qu'ils ont encaissées ! Les Darvars ne cesseront de m'étonner !

Carl émet une hypothèse qui a un rapport avec leur sang : une histoire de taux de fer plus important, qui leur permettrait de moins saigner, donc de s'affaiblir moins vite. Peut-être, je voudrais parfois être encore dans mon monde et faire quelques recherches sur Google ! Ici, je dois me contenter de théories plus ou moins fumeuses.

Enfin bref, où est-ce que j'en étais ? Ah oui, donc nous étions parvenus aux Mont Touffus, qui n'ont rien de, euh, touffus en réalité ! Ce sont des collines de pierres grises sur lesquelles pousse une végétation plus rase qu'ailleurs. Une sorte de maquis dense qui me fit immédiatement penser à chez moi, aux paysages de ma Provence natale. Bon, ici, pas de chênes verts ou de tamaris évidemment, pas de thym ou de romarin qui embaument, néanmoins même si l'illusion n'était pas parfaite, la comparaison était possible.

Nous avons cheminé deux jours de plus dans ces collines, sans que rien ne se passe. Cette forêt semblait inhabitée ! C'était à désespérer… En fin de journée nous sommes tombés sur un mince cours d'eau, en traversant un vallon plus dense en végétation. Renan a pris la décision de monter le bivouac là. De l'herbe en abondance pour les mules et les chevaux et de l'eau claire pour les abreuver, on ne pouvait espérer mieux.

Je les ai laissés monter le camp, et discrètement je me suis éclipsée, Baveux sur mes talons. L'eau fraîche était une trop forte tentation pour que j'y résiste plus longtemps ! J'étais couverte de poussière, moite de transpiration sous ma brigandine et mes cheveux n'étaient plus qu'une touffe immonde sur ma tête. J'ai donc remonté le cours tranquille du ruisseau pour tomber quelques minutes plus tard, sur un bassin naturel aux berges herbeuses. La beauté du lieu me souffla. En quelques secondes, j'avais enlevé mes vêtements et me laissais glisser dans l'eau translucide, dérangeant une famille de grenouilles d'un vert vif. Baveux s'étala sur la roche plate où j'avais déposé mes habits en tas, déposant sa lourde tête sur mes bottes, il ferma les yeux et s'endormit aussitôt.

Je réprimai un sourire. Heureusement que Renan ne voyait pas mon gardien au travail !

Avec une bonne humeur retrouvée, du moins partiellement, je lavai mes cheveux, frottai mon corps un peu trop sollicité par l'année écoulée, me délassant enfin. Je poussai un soupir de bien être, lorsque Baveux se redressa, le poil soudain hérissé, un grondement sourd montant de sa gorge. Je n'eus que le temps de saisir mon arbalète, déjà une haute silhouette bousculait les branches de la futaie et se plantait devant moi. Baveux se rassit sans plus s'en faire, tandis que Renan mugissait :

— Tu es complètement folle ou quoi ?

Je baissai mon arme, lui renvoyant un regard furieux.

— Je n'ai pas besoin d'une nurse, merci !

— Il semblerait que si ! Même un enfant de cinq ans ne serait pas aussi irresponsable !

Furieuse, je me suis relevée, le doigt me démangeant de lui balancer un carreau ! Il m'a considérée une poignée de secondes, sans un mot, figé par une émotion que même lui avait du mal à dissimuler. Son regard glissa sur ma nudité, tandis que je me tenais face à lui, mes cheveux mouillés collant à ma peau, pendant que l'eau s'égouttait au long de mes minces courbes. Sans doute ne s'était-il pas préparé à me voir comme ça ! Je le vis déglutir avec peine, tandis que ses yeux caressaient chaque parcelle de mon corps. J'abaissais mon arme, le souffle court, oppressée. Moi non plus je ne m'étais pas attendue à ce qu'il déboule et me trouve en tenue d'Ève !

Puis il m'a tendu la main, m'aidant à sortir de l'eau. Soudain je fus là, nue et ruisselante contre lui. Son souffle se bloqua, alors que je frissonnais, moins de la fraîcheur de l'air que du trouble qui nous submergeait. Mon mot de pouvoir s'enflamma, tandis qu'il se penchait vers moi et m'emportait les lèvres dans un baiser sauvage, plus brûlant que les flammes des enfers. J'enroulai mes bras autour de son cou, prise d'une folie que rien n'aurait pu arrêter. Nous avions attendu ce moment si longtemps...

Je tremblai entre ses bras, tandis qu'il me soulevait avec une facilité déconcertante. Peu importaient des dangers qui grouillaient dans cette forêt ! Nous étions pris d'une démence que rien ne pouvait satisfaire. Ses mains sur ma peau nue étaient une souffrance divine, en même temps que sa bouche me dévorait de baisers fous, impérieux. Notre désir était trop fort, trop furieux pour ne pas être assouvi. Ce n'était ni doux, ni romantique, c'était une étreinte sauvage et désespérée qui nous laissa insatisfaits et frustrés. Une étreinte qui en appelait d'autres, pour des redécouvertes tendres. Mais ce n'était ni le lieu ni l'heure. Un bruit infime, le fit tressaillir. Me propulsant dans son dos d'une main, il sortit son épée de l'autre. Baveux s'était lui aussi redressé, les babines closent sur un grondement de fauve.

Soudain un éclat rouge, suivi par une longue silhouette, apparut dans notre champ de vision, et Carl, surpris, se figea devant nous. Gardant son épée à la main, Renan gronda :

— Maître de Lame, que faites-vous ici ?

Carl, sans se départir de son calme coutumier, me lança un coup d'œil, avant de dire :

— Tout comme vous, je me suis inquiété pour Lou-Anne… Mais si j'avais su qu'elle était en votre compagnie, Chevalier, je ne me serais point alarmé !

Dans un claquement sec, Renan remisa son arme au fourreau, regrettant sans aucun doute possible de ne pas en transpercer l'intrus ! Puis, sans un mot ni un regard, il s'en fut, disparaissant dans la broussaille d'où Carl avait surgi. Ce dernier me renvoya un regard un peu trop narquois, auquel je ne répondis rien, hormis de me baisser avec colère, afin d'enfiler ma chemise. Son œil, incisif, eut cependant le temps d'effleurer mon mot de pouvoir, qui me brûlait plus que jamais. Il s'approcha d'un pas, et du doigt, désigna mon tatouage dissimulé à présent sous le fin tissu. Son visage était soudain empreint de sérieux.

— Il le sait…, glissa-t-il à mi-voix.

Je sursautai tout en enfilant mon pantalon en cuir brun.

— De quoi parles-tu ?

— De ton mot de pouvoir ! Il sait que c'est son nom ?

Je frémis, vacillant, comme frappée.

— Comment tu sais ça ? Tu ne peux pas lire cette langue !

Il haussa une épaule négligente.

— C'est vrai, mais je ne suis pas un crétin, je sais additionner 2+2 !

Je mis mes bottes, les mains tremblantes. Évidemment qu'il était tout sauf idiot ! Je relevai la tête, passai ma brigandine, faisant à voix basse :

— Je ne veux pas qu'il le sache ! Alors ne le lui dis pas, c'est compris ?

Il me considéra de son regard sombre avant de murmurer, enfin :

— Il a le droit de savoir combien il compte pour toi, non ?

J'achevais de boucler ma brigandine avant de placer sur mes hanches la ceinture soutenant mon arbalète, ma sacoche contenant une partie de ma puissance de Questrice et, surtout, mon livre de Justice qui grinça au bout de ses chaînes.

— Non !

Ma réponse fusa, cinglante. Non, je n'étais pas prête à ce qu'il sache qu'il était à la fois ma force et ma faiblesse. Peut-être ne le serais-je jamais... J'ai attrapé ma veste brune, sifflé Baveux et lançant un regard noir à Carl je suis passée devant lui, le bousculant presque, afin de regagner le bivouac.

Les tentes avaient été dressées, cependant qu'un feu réchauffait déjà l'atmosphère. De Renan, pas de trace, c'était à prévoir ! Je me laissai tomber sur une pierre devant le feu, prise par une tristesse qui me faisait grelotter. Je tordis mes cheveux, si longs maintenant, qu'ils détrempaient mon dos, et sortant un peigne de l'une de mes poches, je tentai de les démêler, les doigts cependant si tremblotants qu'à ce rythme j'y passerais toute la nuit ! Je faillis éclater en sanglots furieux, submergée par un trop-plein d'émotions, avec en pole position l'inconstance de mon propre cœur, qui tanguait entre colère et passion… Je crois qu'à cet instant précis, je me serais mis des claques !

J'avais tout oublié du pourquoi de notre venue dans cette forêt perdue, pour ne focaliser que sur ce moment où Renan m'avait tenue dans ses bras ! J'étais excédée après moi-même ! Je tirai sur les nœuds hérissant mes cheveux en fulminant. Soudain une grande main m'enleva le peigne des mains, et chuchota d'une voix sous forme d'éboulis rocheux.

—Laisse Louve, tu vas abîmer tes beaux cheveux dorés…

Disparaissant presque entre ses doigts énormes, il entreprit avec une délicatesse en contradiction totale avec tout ce qu'il était, de coiffer mes longues mèches. Les larmes aux yeux, je glissai ma main sur son bras à la grisaille minérale, me demandant depuis quand les trolls étaient aussi attentionnés… Cette interrogation était inutile, car Monsieur Caillou était moins un troll que mon ami, mon frère, ma famille. Baveux s'étala de toutes ses babines sur mes genoux, et dans un silence confortable, à peine troublé par les bruits inhérents au camp, je me suis apaisée, me rassérénant dans la chaude sollicitude de ces deux êtres que la vie avait mise sur mon chemin.

Mon cœur s'est calmé, et j'ai pu à nouveau penser avec froideur à la mission qui nous amenait ici, et ne focaliser que sur elle. Renan revenu d'on ne sait où, nous observa de loin, trio improbable. Je ne sais pas ce qu'il pensait, encore moins ce qu'il ressentait. Lorsque relevant la tête je croisai son regard de tempête, il se détourna dans un envol de cape et de colère.

Cette nuit-là, et les suivantes d'ailleurs, je me demandai brièvement s'il viendrait me rejoindre sous ma tente. J'ignorai et j'ignore encore d'ailleurs, qu'elle serait ma réponse : allais-je l'accueillir avec bonheur ou le frapper avec tout autant de satisfaction ? La rancune que je contiens à son égard est trop vivace pour que je puisse la balayer d'un revers de main : il n'était pas là pour protéger Sir Robert ! Il l'a abandonné à son sort ! Merde !

ENFIN je m'égare. Comme d'habitude mon récit prend des chemins de traverse. Bref après cet épisode, Renan a mis un peu plus de distance entre nous. Sans doute était-il mortifié d'avoir montré une certaine faiblesse, puisqu'il semble penser que ses sentiments à mon égard en sont une... Bon enfin, c'est comme ça, j'ai d'autres préoccupations pour l'instant que nos états d'âme ! J'ai une troupe d'assassins à retrouver et à juger !

Nous avons donc repris notre marche sur ce chemin de crêtes, sous une chaleur de plomb qui liquéfiait hommes et bêtes. Nous marchions souvent afin d'épargner nos montures déjà épuisées par les dénivelés et les cailloux qui composaient cette voie. D'un coup je regrettai la route principale, la Trouée du Roi, ombragée et lisse sous le pas de nos chevaux. Hélas, la seule bribe d'informations mentionnait des poneys venus de ces monts arides, nous n'avions pas d'autre choix, que d'être là.

Je marchais, un brin abrutie de fatigue et de chaleur, Boutade reposant sa lourde tête dans mon dos, tandis qu'il me suivait pas à pas. Nous avancions ainsi, tous plus ou moins péniblement, lorsque les premières flèches ont commencé à voler vers nous. Renan a hurlé un ordre que je n'ai pas compris. D'un geste, il m'a propulsée derrière le maigre abri d'un arbre au tronc cagneux, tordu, tandis que, levant son bouclier au-dessus de nos têtes, il nous protégeait tous les deux. Il cria un mot vers Téméraire, qui aussitôt volta, et mordant la croupe de mon Boutade terrorisé, l'obligea à s'enfuir. Avec décision, il entraîna toute la troupe de chevaux et mulets vers un endroit sécurisé. Je n'eus cependant pas le temps de me poser plus de questions à leur sujet, bien trop sidérée par cette attaque surprise, par ce piège, par cette volée de flèches qui s'abattait sur nous, rebondissant sur le bouclier de Renan, se fichant dans les arbres, à quelques centimètres de mon pied dans une mince gerbe de poussière ou dans les hommes dont je pouvais percevoir les cris de douleur et de rage.

Renan, qui m'écrasait à demi contre le tronc, me protégeant aussi de son corps, me lança d'un ton abrupt :

— Toi, tu restes là !

Avant de crier un ordre, tout en jaillissant épée et bouclier à la main, alors même que le déluge de flèches se calmait. Ses hommes poussèrent à leur tour un beuglement et sortirent des caches relatives où ils s'étaient terrés en attendant que cesse la volée de traits. Hébétée, je les regardais foncer vers la ligne d'arbustes occupée par nos assaillants, sans ni se préoccuper du nombre en face d'eux, ni s'arrêter à des détails comme la difficulté du terrain. Ils chargeaient, furieux, dans un désordre apparent, qui je le compris plus tard, n'était que trompeur. La voix énorme de Monsieur Caillou, couvrait toutes les autres ! Brandissant sa hallebarde, il s'en servait comme d'autres fauchent un champ, dévastant tout devant lui, buissons, arbres ou ennemis, rien ne restait debout sur son passage !

Mon mot de pouvoir s'enflamma, m'insufflant force et courage, et d'un geste que j'avais répété tant de fois, je levai mon arbalète. Sans trembler, je visai et touchai ma cible. Là-bas, un homme s'écroula, son cri noyé par le bruit assourdissant des combats. Je me calai un peu mieux au milieu des branches, et posément, en retenant ma respiration, je visai à nouveau. Pour un instant, ma conscience s'était déconnectée, ne laissant plus que la possibilité d'actes réflexes alliés à la volonté absolue de protéger ceux de mon groupe, ou du moins de leur prêter main-forte. Mes carreaux filaient, simple vibration dans l'air lourd de poussière, avant de se ficher avec un choc mat dans la poitrine d'un homme qui, surpris, titubait alors sur lui-même sans savoir d'où ce coup qui l'abattait avait bien pu venir. Puis il roulait à terre, tombant dans les pierres et la terre grise, qu'il éclaboussait de son sang.

Renan gueula encore quelque chose que je ne pouvais pas comprendre, mais que ses soldats saisirent immédiatement. Se réunissant, boucliers contre boucliers, ils formèrent en quelques secondes, une masse solide et blindée qui se désintéressait de savoir la supériorité numérique de leurs ennemis.

J'étais sidérée. Je connaissais, en théorie, les tactiques des Darvars, pourtant les observer à l'œuvre était bien autre chose ! Les voir marcher sus à leurs assaillants tout en tenant leur ligne et en hurlant des imprécations, était terrifiant. Face à ça, j'aurais pris mes jambes à mon cou, sans plus réfléchir ! À vrai dire, je ne sais pas combien de nos ennemis s'enfuirent, cependant il en restait déjà trop !

Ils attaquèrent, sortant des arbustes derrière lesquels ils se dissimulaient, heurtant de plein fouet la masse compacte des Darvars. Armés de leurs épées ou de leurs hallebardes, ces derniers faisaient des ravages, sans que rien ne puisse pénétrer leur formation. Monsieur Caillou, se tenait derrière, et profitant de sa taille formidable, il tranchait à hauteur de tête tout ce qui s'approchait ! Du coin de l'œil, j'aperçus mon Baveux se jeter sur ceux qui, une fois à terre, hurlaient de douleur. Je frémis. Évidemment, les Darvars dressaient aussi leurs chiens afin de servir sur le champ de bataille… Une nausée me saisit, que je réprimais de mon mieux. Ce n'était clairement pas le moment de faire ma chochotte ! Tout au contraire, je m'appliquai à viser, reléguant le flot de bile qui remontait de mon estomac, et les dents serrées, je tirai. Je rechargeai mon arme, sans même vérifier mon tir : je savais que j'avais fait mouche. Avec angoisse, je m'aperçus qu'il ne me restait que deux carreaux, toute ma réserve se trouvait sur Boutade, parti on ne sait où… Un frisson de peur remonta le long de mon échine. Hors mon arbalète, je n'avais que mon couteau pour me défendre, ce qui serait presque inutile dans une telle bataille ! Je n'eus cependant pas le loisir de m'attarder là-dessus, car désignant ma position, l'un de nos assaillants, sembla vouloir opter pour une autre manœuvre. Se débarrasser de moi, ou plutôt du sniper qui les décimait, et prendre du même coup les Darvars à revers.

Contournant la position des soldats, une dizaine d'hommes dévalèrent la courte pente qui nous séparait, glissant dans la poussière et les cailloux. J'en alignai deux, avec mes carreaux restants. Effleurant mon couteau, sans pourtant le dégainer, je m'appliquai à faire le vide dans ma tête, comme mon sensei me l'avait appris, jadis. L'aïkido n'était que défensif, mais peut-être me sauverait-il la vie aujourd'hui ?

Le premier de mes adversaires surgit devant moi. C'était un long type, qui, armé d'une hache, le regard fou, eut un instant de surprise en me voyant. Sans doute s'attendait-il à tout autre chose qu'une jeune femme ! Son hésitation fut sa perte. Cramponnant son poignet, je le déséquilibrai d'une simple torsion, et accentuant ma pression le lui brisai, l'obligeant à lâcher son arme. Il voulut me frapper de son autre main, mais un coup de poing bien appliqué sur son visage, lui pulvérisa le nez, l'étendant pour le compte.

Je n'étais pas sauvée pour autant ! Les autres allaient débarquer d'une seconde à l'autre. Affolée, je cherchai une échappatoire. Face à des guerriers aussi lourdement armés, je ne ferais pas le poids ! Soudain, alors que je m'apprêtai à vendre ma peau le plus chèrement possible, une montagne déboula, s'interposant entre les guerriers et moi. Avec un grognement lâché dans un rictus, Monsieur Caillou, pris d'une fureur frénétique, avait délaissé son arme et, à mains nues, libérant sa nature, se jetait avec toute sa férocité de troll sur mes agresseurs. Poings, dents, coups de tête, ils n'eurent aucune chance face à un tel adversaire. Baveux, s'occupait de ceux qui tombaient, et nul ne pouvait en réchapper face à ces deux-là.

Couvert de sang, un éclat inquiet brillant dans son regard, Monsieur Caillou, se tourna vers moi.

— Ça va, Louve ?

Je hochai la tête, lui renvoyant un sourire incertain.

— Le Capitaine a dit, protège-la, alors tu vas rester à côté de moi, hein ?

Je fis un nouveau signe d'assentiment, incapable de parler. Les émotions d'horreur, de peur et de soulagement étaient trop vives pour que je puisse aligner deux mots !

Au loin, là-bas, les Darvars avaient rompu leur formation, et chargeant comme des loups, ils se jetaient sur leurs adversaires sans que ces derniers n'aient aucune chance. Les cris de rage, ceux de souffrance, étaient atroces, tout comme celui du fracas des boucliers, du cliquetis mortel des épées faisant monter une confusion sonore qui, conjuguée à l'odeur prégnante du sang et de la poussière, me soulevait le cœur. Je vacillai. Monsieur Caillou me rattrapa d'une main, dans un réflexe d'une douceur confondante.

Enfin, tout cessa. Un silence irréel s'abattit sur la colline, à peine troublé par les râles des blessés ou des agonisants. Déboulant la faible pente dans un tournoiement de poussière, Renan se matérialisa devant nous. Son épée encore sanglante à la main, ses yeux gris ne formant plus qu'un trait métallique sous son casque, il me lança un coup d'œil :

— Ça va ?

J'étais certainement livide, mais je m'efforçai de lâcher un faible « oui ». Puis, clignant des paupières je le dévisageai à mon tour, effrayée soudain de le voir rouge de sang. Sa cape blanche n'était plus qu'un chiffon sanglant, alors que son uniforme, cotte de mailles et tabard arborant les armes de son roi, dégoulinaient de sang, qui allait en s'égouttant sur les pierres blanchies de soleil.

— Tu es blessé, m'écriais-je, soudain terrifiée.

Essuyant son épée dans un coin de sa cape, il la remisa au fourreau, tout en haussant une épaule vague. Je l'agrippai par un bras, répétant d'un ton presque hystérique.

— Tu es blessé !

Il me repoussa, lâcha un abrupt « rien de grave » avant de me laisser plantée là, afin de distribuer des ordres d'un ton sans réplique.

Ses soldats trièrent alors les morts des vivants, les ennemis des leurs. Lançant un sifflement qui retentit sans doute sur toute la Verte Cépée, Renan rappela son cheval. Poussant les autres équidés, mules et chevaux, devant lui, Téméraire obéit à l'ordre de son maître. Guerroyer, il avait fait ça toute sa vie, ce n'était donc pas une simple échauffourée qui pouvait l'émouvoir ! En quelques minutes à peine, il avait contraint tout le troupeau à revenir auprès des humains.

Nos rangs dénombraient trois morts contre une quinzaine du côté des assaillants. Renan sembla penser que le ratio était bon, alors que je n'étais qu'épouvante. Les blessés furent allongés les uns à côté des autres, pendant que Carl et son aide, surgissaient d'on ne sait où. Il s'avança vers moi, tandis que retrouvant mon Boutade, tremblant, je fouillais dans mes sacoches à la recherche de la trousse de secours qu'Ambroisine m'avait confectionnée avant mon départ. « Juste au cas où » avait-elle dit, de son sourire lumineux, sachant d'avance que j'en aurais besoin.

Il s'avança vers moi, son regard sombre empli d'inquiétude. Le mince sac en cuir à la main, je le fusillai du regard, tout en aboyant :

— Où étais-tu ?

— Je ne suis pas un guerrier, au cas où tu aurais négligé ce fait ! On s'est donc dissimulés afin que notre présence ne soit pas un poids pour les soldats. Tu aurais voulu que je fasse quoi ? Que je les terrorise avec mon scalpel ?

Il n'avait pas tort ! Je m'en voulus aussitôt, mais j'avais les nerfs à vif.

— Excuse-moi, tu as raison…, puis j'ajoutai : Je vais regarder ce que je peux faire pour les blessés, tu peux m'aider ?

Demander de l'aide à un bourreau afin de soigner, pouvait sembler étrange, mais sur le moment cela me parut la seule chose à faire. Il avait une connaissance du corps humain bien supérieure à la mienne, et pour cause… alors en l'absence de médecin c'était un atout à ne pas négliger.

Dans le même moment, Renan ordonnait d'ériger un bûcher afin de libérer l'âme de ses guerriers morts au combat, et avec Carl, nous nous penchions sur les blessés les plus amochés. Et pour l'être, ils l'étaient ! Jamais ma courte formation de secouriste ne m'avait préparée à affronter des coups de haches ! Le premier avait presque le crâne fendu en deux, et maintenant un linge crasseux sur sa plaie, il continuait à vociférer et rigoler. Un vague « ah les Darvars » me monta aux lèvres, que je réprimai. Usant de mon autorité de Questrice, je l'enjoignis à se calmer. Croisant le regard de Carl, je l'implorai en silence de trouver une solution.

D'un ton tranquille, comme si nous n'étions pas au milieu de corps sanglants, mais dans son salon au coin du feu, il murmura :

— Tu devrais avoir dans tes élixirs de Questeur de quoi modérer sa douleur et le garder tranquille. Nous pouvons bander sa plaie et le maintenir en vie le temps qu'on trouve un druide.

Son calme m'apaisa et, recouvrant un peu de mon *self-control*, je fouillai dans la pochette qui, pendue à ma ceinture, ne me quittait jamais. Symbole de ma fonction, autant que pouvait l'être mon livre de Justice ou mon sceau. Bien sûr j'avais ce qu'il fallait ! J'étais stupide de ne pas y avoir pensé seule ! Sortant un mince flacon contenant un liquide opaque, j'en versai deux gouttes dans la bouche du blessé.

Carl me lança un coup d'œil interrogateur, auquel je répondis à mi-voix :

— Extrait d'écorce de mandragore, à faible dose c'est un puissant antalgique...

Je ne précisai pas les effets d'une dose plus importante, mais il le devina. Il approuva d'un simple signe de tête et, ôtant le tissu imbibé de sang, il s'occupa de nettoyer et bander la tête du Darvar. Ses gestes étaient d'une précision à la fois admirable et effrayante.

Le temps que nous finissions de nous occuper du dernier blessé, les corps des Darvars avaient été placés au sommet d'un bûcher funéraire, leurs armes posées sur leur poitrine afin de les emmener avec eux vers leur paradis peuplé de guerriers et continuer à se battre !

Sans un mot, dans un silence lourd, nous avons regardé Renan allumer le brasier et, se reculant d'un pas, prononcer quelques mots d'un ton âpre. Les flammes, une à une, emportèrent les âmes de ces valeureux combattants vers d'autres lieux et, sans doute, comme tout Darvar devait l'espérer, d'autres guerres !

Puis désignant les autres morts, ceux de nos assaillants, ceux qui, à n'en pas douter avaient aussi attaqué Sir Robert, Renan s'exclama en me regardant :

— Et eux, qu'en faisons-nous, Questrice ?

Un froid s'insinua dans tout mon corps, car oui, c'était à moi que revenait le droit et le devoir d'assener la justice, aux vivants aussi bien qu'aux morts. Je soutins son regard, notant le sang qui avait séché par endroits sur son visage, et celui qui s'écoulait encore en minces filets pourpres. Je songeai à Sir Robert, je songeai que Renan aurait lui aussi pu se tenir là, allongé pour l'éternité, dans ce brasier qui se consumait derrière nous. Alors d'un ton froid, sans réplique, je lâchai :

— Ces hommes sont tous meurtriers et rebelles, ils se sont levés contre le roi, contre un Chevalier. Leurs dépouilles serviront donc à nourrir les corbeaux. Pendez-les aux arbres et brisez leurs armes à leurs pieds, afin que jamais plus dans cette vie ou dans une autre, ils ne puissent s'en servir. Maître De Lame, tu écriras un panonceau afin d'informer le passant de l'application de la Justice.

Les hommes me dévisagèrent une seconde, avant d'éclater en rires bruyants, soulagés par ma décision, satisfaits de constater que j'étais peut-être d'une stature ridicule, mais que je n'avais pas usurpé mon rang de Questeur. Renan ne fit aucune réflexion, se contentant de mugir :

— Vous avez entendu les ordres de la Questrice ? Alors bougez vos culs !

CE SOIR, il est tard lorsque j'écris ces lignes. Les Darvars boivent encore, fêtant la vie et la mort dans des flots de bière. Après avoir jeté un coup d'œil à sa carte, Renan nous a entraînés vers une vallée. Là, nous sommes tombés sur un village où nous avons pu trouver une auberge afin d'y installer nos blessés. Pas de druide pour prendre soin d'eux, mais par chance un spécialiste en hominidés fut immédiatement appelé. Pour ma part j'aurais appelé ça un toubib, mais bon...

Sur présentation de mon sceau, j'ai réquisitionné l'auberge, et une fois chevaux et mules soignés, les Darvars, tenant plus ou moins debout, se sont empressés de se jeter sur les réserves de bières et de nourriture de l'aubergiste. Devant son air effaré, je le rassurai en lui disant qu'il serait remboursé pour toutes ses dépenses. Un sourire illumina son visage rond et, bousculant ses serveuses, il a ouvert en grand les robinets de ses tonneaux !

Depuis, les Darvars boivent, chantent, mangent et, bref, se comportent comme on peut l'attendre d'eux ! Monsieur Caillou, épuisé, s'est assoupi dans un coin, Baveux contre lui. Leurs masses confuses se projettent en ombre chinoise dantesque sur les murs en bois rond, mais personne n'y fait attention, sauf moi. Carl sirote une timbale d'une liqueur de fruits, tout en contemplant sans mot dire, le désordre des guerriers. De temps en temps, il me jette un coup d'œil curieux et, me voyant toujours écrire, il retient ses remarques et les garde pour lui.

Je ne sais pas comment sont faits ces Darvars, comment après les blessures que certains ont subies ils sont encore debout et capables, qui plus est, de se prendre une cuite mémorable !

Renan a refusé que le spécialiste l'examine, préférant qu'il s'occupe de ses hommes. Les dents serrées sur une colère contenue, je l'ai vu ingurgiter des litres d'alcool alors que du sang s'écoulait sur le plancher à chacun de ses pas. N'y tenant plus, je me suis levée et, l'attrapant par un bras, je l'ai enjoint à s'asseoir, au moment même où l'aide de Carl, revenait avec ma trousse de secours. Il fit mine de me repousser, de résister ; il est certain que je n'aurai jamais raison de lui avec un quelconque rapport de force ! Mais croisant mon regard à la fois furieux et mortellement inquiet, il hocha la tête tout en se laissant tomber sur un banc couvert de peaux.

— Je vais bien, grommela-t-il, pendant que ses hommes ricanaient.

Je ne répondis même pas, me contentant de lui enlever son tabard.

— C'est bon je peux le faire, grogna-t-il en faisant mine de se lever.

Je le repoussai, le fustigeant d'un regard noir, ce qui, évidemment, le fit rigoler. L'aide de Carl m'aida ensuite à lui enlever sa lourde cotte de mailles sous laquelle sa chemise était trempée de sang. Je fermai un instant les yeux, prise d'un vertige. Jamais je n'avais vu une telle quantité d'hémoglobine de toute ma vie. Enfin, hormis dans un film de Tarantino ! Mais dans la réalité jamais...

Glissant l'une de ses mains autour de ma taille, Renan répéta :

— Je vais bien...

Son geste me fit l'effet d'un électrochoc.

— Tu iras bien lorsque je l'aurai décrété, pas avant !

Avec précaution je lui enlevai sa chemise, révélant son torse musclé couvert d'autant de tatouages que de cicatrices. J'en connaissais par cœur chaque centimètre carré. Des coupures plus ou moins profondes parsemaient ses bras, tandis que la pointe d'un carreau d'arbalète avait réussi à passer la barrière pourtant solide des mailles entrelacées de son haubert. Fichée dans son épaule, c'est d'elle d'où provenait la principale perte de sang qui, avec celui de ses ennemis, avait séché en croûtes brunâtres sur ses vêtements et ses bottes.

Je lançai un coup d'œil suppliant à Carl qui, d'un regard plein d'expertise, affirma qu'il suffisait de l'enlever, bien bander et que tout irait pour le mieux !

— Tu vois, je t'avais dit que j'allais très bien ! pavoisa Renan, tout en réclamant un pichet de bière à une serveuse au bord du burn out.

AU LENDEMAIN de cette terrible journée, j'étais la première levée avec une aube aux rouges frissonnants. J'avais très mal dormi, me tournant et me retournant dans ce lit pourtant confortable, m'agitant autant que mes pensées allaient et venaient dans ma tête.

Ma responsabilité était immense. Je devais mener cette mission à bien !

C'est pourquoi j'étais debout, alors que je pouvais entendre les ronflements des hommes se répercuter dans toute l'auberge. Certains auraient certainement mal au crâne en se levant ! Mais ce n'était pas mon problème. Sur la pointe des pieds j'avais descendu l'escalier aux marches usées et, poussant la porte, je respirais avec bonheur l'air frais de ce petit matin.

Je repoussai le moment d'agir puis, serrant les dents, je tournai le dos à la magnificence de ce lever de soleil au-dessus de la verdoyante canopée, pour me diriger vers les écuries. Boutade, reconnaissant mon pas, grogna de plaisir tout en tournant sa tête vers moi, tendant sa longe et agitant ses longs crins de manouche. Sans résister, je passai quelques minutes à l'embrasser, trouvant auprès de lui la sérénité nécessaire pour faire ce que je devais.

Lui donnant une pomme que j'avais prise pour lui, je le laissai à sa dégustation, et filai vers le fond du bâtiment, là où se tenait entreposé le fourrage, là où les prisonniers, blessés plus ou moins grièvement, avaient été attachés.

J'avais ordonné qu'ils soient soignés et nourris correctement, à la fois par humanité, mais aussi parce que j'avais besoin qu'ils soient en état, afin de répondre à mes questions… Je saluai le garde chargé de veiller sur eux. Il me lança un respectueux et tonitruant « Questrice ! » qui résonna sous les solives de la grange, faisant sursauter les prisonniers et les tirants d'un sommeil relatif, ce qui était une bonne chose.

Ils étaient cinq, couverts de plus ou moins de bandages, à être étendus dans la paille. Je me plantai devant eux, sachant que mon apparence seule ne suffirait pas. Mais j'avais bien d'autres atouts. Concentrant mon souffle, j'activai ma rune de persuasion, puis les dévisageai un à un, sans rien dire, mon livre de Justice grinçant sur ses chaînes le long de ma cuisse.

Épuisés, mal réveillés, ils me regardaient sans comprendre, certains se redressaient malgré leurs liens, soutenant mon regard avec affront. C'était ce que je voulais. Pivotant je me plantai devant le plus vigoureux, le plus vindicatif et murmurai :

— Sais-tu qui je suis ?

Il haussa une épaule indifférente, crachant seulement :

— Peu importe qui vous êtes, vous n'avez rien à faire ici ! Les Questeurs et toute la clique du roi, vous n'êtes pas les bienvenus ici !

— Oh, ceci est un autre problème que nous traiterons plus tard, éludais-je d'un geste négligent. Aujourd'hui nous allons nous concentrer sur les faits qui m'amènent ici. Qui font que nous sommes face à face ce matin. Toi enchaîné et moi debout devant toi. Alors sais-tu qui je suis ?

— Tu es une putain de Questeur de merde ! hurla-t-il avec une rage telle qu'il se leva à demi, tendant ses chaînes dans un cliquetis d'acier.

Alarmé, le garde s'avança d'un pas. Je le rassurai d'un geste et, lançant un sourire glacé au prisonnier, je murmurai :

— C'est mieux. Je suis Lou-Anne de Malandre des Champs de France, Questrice.

En entendant mon nom, il blêmit.

— De Malandre…, répéta-t-il avec une sorte d'incrédulité.

— Oui. Le Chevalier que vous avez assassiné, vous tous, Sir Robert de Malandre, était mon père.

— C'est impossible sa famille, sa fille, tous sont morts lors de la prise de son fief par les Darvars !

— Eh bien, il faut croire que tu te trompes. Je suis sa fille. Je suis là aujourd'hui afin de traquer ses assassins et exercer mon pouvoir de Justice. Alors, vas-tu coopérer et répondre à mes questions ?

Il me lança un regard haineux et cracha dans ma direction, s'attirant aussitôt un coup de pied du garde. Je me contentai de lever un sourcil, et dire d'un ton d'une neutralité glacé.

— Bien, comme tu veux.

Me tournant vers le soldat, je lui demandai d'ouvrir la bouche du furieux, ce qu'il fit sans s'émouvoir en posant sa main énorme, sur le nez du prisonnier. Ce dernier eut beau s'agiter, rien ne pouvait desserrer la poigne du Darvar. Il dut à un moment respirer par la bouche. J'en profitai afin de lui verser cinq gouttes d'extrait de mandragore qu'il fut contraint d'avaler. Ses soubresauts n'y changèrent rien. Enfin le garde le relâcha, tandis que je rangeais la minuscule fiole dans la sacoche accrochée à ma ceinture.

— Tu sais, tu as de la chance, afin d'avoir mes réponses, j'aurais pu demander au Maître bourreau qui m'accompagne de venir à ma place. Je le connais depuis longtemps, il est très compétent, crois-moi sur parole.

L'homme me lança un regard vague, ses pupilles déjà dilatées. Je repoussai toute mauvaise conscience : je n'étais plus ni en France ni même dans mon univers où un tel comportement aurait été inadmissible, et à juste titre ! J'étais dans un monde où les lois qui s'appliquaient, n'étaient ni douces ni policées. Après une année dans la Citadelle des Questeurs, je le savais mieux que personne !

Je sortis un carnet de l'une des poches de ma longue veste brune, mon stylo et, m'installant sur une caisse posée là, je m'exclamai.

— Alors, es-tu prêt ?

— Oui, Questrice, marmonna l'homme les yeux écarquillés, tout en dodelinant de la tête.

— Parfait, on va commencer par des questions simples, ton nom, ton origine, ton métier, où habitait ta famille lors des Grandes Purges, je t'écoute.

Sous l'œil effaré de ses camarades, avec une docilité exemplaire, ne parvenant à lutter contre l'action conjuguée de ma rune et celle de la mandragore, il ne put que me confier tout ce qu'il savait.

Il se nommait Clotaire du Marais. Il était né dans un charmant village des Blanches Falaises où la vie était paisible, jusqu'à l'édit mis en place contre les créatures magiques. Son père, métamorphe, s'était marié avec une humaine dont il avait deux enfants. Forgeron de métier, il était parfaitement accepté par toute la communauté, sa grande force et sa bonne humeur étant particulièrement appréciées. Jusqu'à ce jour, où un Chevalier montant un énorme étalon blanc, était entré dans le village à la tête d'une troupe en armes. Sa femme n'ayant pas voulu abandonner sa maison, sa famille, afin de s'enfuir on ne sait où, il était resté pensant que tout se tasserait. Il n'avait eu que le temps d'attraper ses enfants et les jeter dans la carriole d'un marchand qui s'éloignait du village. Puis, se changeant en immense ours noir, il s'était jeté sur les soldats du roi afin de protéger ses petits. Son fils Clotaire, alors âgé de 5 ans, l'avait vu se dresser dans un grondement et faire front, pour les sauver tous les deux. Les deux enfants, terrorisés, avaient ensuite été pris en charge par une famille de sorciers qui, eux aussi, fuyaient l'atroce répression.

C'était un peu paradoxal, car ni lui ni sa sœur n'avaient le moindre pouvoir magique ! En revanche, il avait rencontré par la suite une métamorphe avec qui il avait des enfants ; ceux-ci n'étaient pas humains, mais bel et bien capables de prendre une apparence animale.

Son récit ne me surprit qu'à moitié, une affaire de gènes dominants dont je me gardais bien de parler, là n'était pas du tout le débat.

Il avait donc grandi au cœur de la Verte Cépée, entretenant une haine de plus en plus croissante envers ceux et surtout celui qui avait massacré ses parents et l'avait contraint à cette vie au fond des bois. Petit à petit, il avait rencontré d'autres survivants des purges qui, à son instar, ne rêvaient que de vengeance. Ils se réunissaient, en parlaient jusqu'au matin et, petit à petit, l'idée avait fait son chemin. Un plan vit le jour et lorsqu'ils apprirent où se terrait Sir Robert, le monstre immonde aux mains couvertes de sang, il n'y eut plus qu'à passer des paroles aux actes.

Ils étaient trente-cinq à être partis lors d'une nuit sans lune, traversant la lisière de la forêt, certains pour la toute première fois. Un sort d'indifférence avait protégé leur avancée et, en trois jours, ils se tenaient devant la tour des baleines.

Ils avaient pensé pouvoir l'enchaîner sans heurt, lui faire un procès en bonne et due forme, il était si vieux à présent ! Ils avaient sous-estimé la pugnacité d'un Chevalier ! Il ne se rendit jamais. Avec une hargne, un courage et une science du combat qui les terrifia, il fit front et se battit, lui et son aide de camp, jusqu'à la mort. Même son vieil étalon, infernale créature, les attaqua et lui-même ne dut sa survie qu'aux coups de lances dont il le truffa...

Le récit, atroce, me bouleversa, mais je n'en montrai rien, aidée par toutes ces années dans la gendarmerie à interroger tant de personnes et à noter leurs histoires sans qu'elles doivent me toucher. Entre les affaires sordides de violences conjugales, de viols, de pédophilie ou d'inceste, mon training à rester distanciée était très au point...

Le garde, impassible lui aussi, surveillait les prisonniers d'un œil froid. Si l'histoire le touchait il ne le montrait pas.

Soudain un bruit sourd de bottes résonna sur les pavés des écuries, avant que Renan ne se plante devant moi dans un envol de cape immaculée. Comme si rien ne s'était passé, tout son uniforme était impeccable et pas une goutte de sang ne subsistait ni dans ses longs cheveux blonds, ni sur son visage ni même sur ses vêtements.

— Que fais-tu, gronda-t-il, son regard gris me scrutant, déjà furieux.

— Bonjour Chevalier, tu as passé une bonne nuit ? Comme tu peux le voir, j'interroge ces prisonniers, as-tu une remarque là-dessus ? Ou je peux poursuivre mon travail…

Il frémit, tandis qu'un éclat de colère passa, fugitif, dans son regard d'océan. Il avait un peu trop tendance à oublier qui j'étais, ou plutôt ce que j'étais à présent. Je n'étais plus cette jeune femme perdue qu'il avait un jour sortie, blessée et hagarde de cette fosse à ours, et même si j'étais toujours folle amoureuse de lui, j'étais avant tout une Questrice. Une année à survivre dans le froid et la peur avait, hélas, forgé mon âme.

Il serra les mâchoires et, de mauvaise grâce, lâcha :

— Évidemment, fais ce que tu dois… Questrice, sa voix traîna sur mon titre, qu'il prononça dans un grincement rageur.

Je haussai une épaule. Je n'avais pas voulu, à aucun moment, devenir ce que j'étais à présent. Seules les lois de son pays m'y avaient contrainte, alors qu'il ne vienne pas me reprocher quoi que ce soit !

— Tu peux rester, d'ailleurs ce serait même mieux. Certaines décisions militaires te reviennent, et seront à prendre après cet interrogatoire…

Il réprima un soupir irrité, hochant vaguement la tête. Sans lui accorder plus d'attention, je me retournai vers le prisonnier, dont les yeux aux pupilles à présent entièrement dilatées, étaient tout à coup d'un noir d'encre. Agité de soubresauts nerveux, il paraissait lutter contre des visions et, terrifié, se raccrocher à ma voix telle une bouée.

Je repris l'interrogatoire, notant tout ce qu'il me disait et, sans surprise, je vis Renan faire de même.

Une fois qu'il n'eut plus rien à dire, je le laissai s'écrouler en sanglots agités, luttant contre des hallucinations violentes. Les autres prisonniers, tétanisés, me dévisageaient avec terreur. Pour tout avouer, c'était un peu le but !

D'un ton très calme, presque indifférent, je me tournai vers eux, assis les uns contre les autres, blêmes et déjà affolés.

— Alors, messieurs, c'est à nous ! D'une manière ou d'une autre, vous parlerez, la seule question est comment… Allez-vous me répondre immédiatement ou préférez-vous que je vous y contraigne ? Drogue ou bourreau, je n'ai pas de préférence, et vous ?

L'un d'eux se mit à pleurer, ce qui, en d'autres circonstances aurait pu m'émouvoir, mais pas aujourd'hui, pas après le récit que j'avais entendu ! Ces abrutis avaient massacré Sir Robert, Tybur et même Jean-Jacques !

Renan, à ces mots, releva un sourcil, étonné sans aucun doute de me voir aussi inflexible, aussi froide. Il ne dit toutefois rien, il savait qu'il n'y avait rien d'autre à faire et que, tous, nous étions contraints de mener cette affaire à son terme.

Vaincus, tremblants, les hommes, les uns après les autres me confièrent leur histoire, confirmant les faits. Au bout du compte, j'obtins toutes les réponses que je pouvais espérer sans plus de violence qu'il n'était nécessaire.

Notant quelques mots hâtifs sur une page, qu'il arracha ensuite de son carnet, Renan appela le garde, lui tendit le message tout en lui jetant un ordre dans leur langue rude et incompréhensible. Tournant les talons, ce dernier se précipita hors des écuries. Laissant pour l'instant les prisonniers à leur sort, nous sommes sortis dans la cour de l'auberge, baignée d'un soleil lumineux.

Je m'étirai, épuisée par cette matinée, l'usage d'une rune n'étant jamais anodin, bouleversée aussi par les récits successifs. Levant une main, Renan repoussa une mèche échappée de ma longue queue-de-cheval, qu'un vent léger, rabattait sur mon visage aux traits tirés.

— Tu es incroyable…, murmura-t-il, avant de se détourner.

Ce fut si fugace, que je crus voir rêvé. Pourtant le frôlement de ses doigts me brûlait encore… J'aurais souhaité, en cette seconde, que toute cette distance qui s'était établie entre nous n'ait jamais existé, que je puisse me lover dans ses bras pour y puiser la force d'avancer. Mais c'était impossible ! La colère que nous avions l'un envers l'autre bouillonnait, étouffant nos sentiments.

À cet instant, Baveux déboula, ravi de me retrouver. Il me sauta dans les bras avec l'enthousiasme d'un chiot de la taille d'un ours ! Renan retint une réflexion, il se borna à lancer un ordre sec au chien qui, remballant ses bisous gluants, s'assit devant moi, considérant son maître les babines pincées sur un rictus qui me fit éclater de rire.

Je me baissai, entourai le cou musculeux du molosse tout en lançant à Renan :

— Il m'a beaucoup manquée, lui-aussi…

Ce qui était l'entière vérité.

Je ressentis plus que je ne la vis, l'émotion qui, une fraction de seconde, prit le dessus sur son masque d'impassibilité. Reprenant presque immédiatement son contrôle, il se pencha, me souleva à moitié par un bras, et maugréa :

— Laisse ce sac à puces, je suis certain que tu n'as même pas mangé ce matin…

Sans que je puisse répondre, il m'entraîna vers l'auberge, sa sollicitude bourrue, me faisant soudain penser à Tybur. Les larmes me montèrent aux yeux, et je le suivis, sans force.

NOUS marchions depuis plusieurs jours, déjà, en direction d'un village perdu au plus profond de ces bois sans fin. Lors de l'interrogatoire, tous m'avaient livré ce nom, ce lieu, dont ils étaient originaires.

Nous étions finalement restés trois jours à l'auberge, au bas des Monts Touffus, afin que les blessés se remettent, mais aussi pour réfléchir à une certaine stratégie. Nous avions passé de longues heures à en discuter, Renan et moi, étudiant les cartes, supputant sur nos chances alors que nos rangs s'effilochaient de manière inquiétante. Nos soldats, plus ou moins vaillants, n'étaient guère plus d'une douzaine. En effet, certains trop grièvement blessés, ne pouvaient nous accompagner et durent rester aux bons soins du toubib bizarre, mais efficace. Plus tard, lorsqu'ils seraient en état de voyager, ils seraient rapatriés vers Vivefleur. En attendant, notre troupe était réduite à sa portion congrue, ce qui ne semblait pas inquiéter Renan outre mesure.

Finalement nous avions refait nos provisions, rechargé mules et mulets et repris la route. Les prisonniers avaient été incarcérés sous la garde et la responsabilité du chef du village, en attendant d'être pris en charge par les autorités compétentes. Je n'avais ni temps ni énergie à perdre avec ceux-là !

L'automne arrivait, apportant des bourrasques d'un vent froid, chargé de pluie. La chaleur inédite de ces derniers jours n'était plus qu'un lointain souvenir. En frissonnant, j'avais enfilé à nouveau mon épais gambison, qui passée sous ma brigandine me protégeait à la fois du froid et offrait une résistance supplémentaire à certains coups. Là où nous allions, ce point n'était pas à négliger ! Renan et ses hommes, eux aussi, portaient à nouveau cette couche protectrice sous leur cotte de mailles. Je pouvais être certaine que ce n'était pas pour les protéger du froid...

Les chemins, sous cette pluie tombant sans discontinuer, se transformaient en pataugeoire, faisant glisser les chevaux. Boutade détestait, mais il ne le montrait plus. Comme un vieux routier, il plongeait ses pieds dans la boue, marchant au botte à botte avec Téméraire sans jamais se laisser distancer. Seuls les plis de dégoût qui relevaient les coins de ses lèvres, attestaient de son état d'esprit !

Comme nous avions changé tous les deux ! En bien en mal, peu importe, nous étions si différents des inconséquents que nous avions pu être. Tandis que la pluie ruisselait sur mes épaules, je grattais la base de son encolure d'une caresse infime qui l'encouragea, nous remettant du baume au cœur à tous les deux. Il redressa les oreilles et allongea le pas.

Après deux jours de pluie sans discontinuer, ce qui commençait à nous user Boutade et moi, le ciel s'éclaircit enfin. La forêt était déjà peu hospitalière par une belle journée ensoleillée, elle était lugubre et glauque sous la pluie. Cette timide éclaircie fut un soulagement. Je poussai un soupir de plaisir en rabattant la capuche de ma veste, percevant les oiseaux entamer un concert de cris et de pépiements, là-haut dans les cimes. Je n'étais donc pas la seule à apprécier un rayon de soleil, aussi pâlichon soit-il !

Dans les villages ou hameaux que nous traversions, les enfants, ravis eux aussi, sautaient en s'éclaboussant dans les flaques d'eau avec une insouciance que j'enviai. Au passage des chevaux, ils s'écartaient, leurs regards tendres déjà parcourus par des vagues de peur. Comment en aurait-il été autrement ? Marchant de front, un Chevalier reconnaissable à son puissant étalon, sa longue cape blanche et son épée, un bourreau sur son cheval à la robe d'un noir d'encre qui mettait encore plus en avant le rouge sang de sa veste pourpre et, enfin, moi, cette Questrice dont l'apparence insignifiante était pourtant transcendée par son livre de Justice qui suivait chacun de ses mouvements. Ravalant leurs rires, ils sautaient sur le bas-côté, ou bien couraient dans les bras de leur mère, considérant le passage de notre troupe, hommes et mulets de bât, avec une curiosité mêlée d'effroi.

J'aurais voulu descendre, les rassurer d'un mot, mais c'était impossible, bien sûr. Nous ne pouvions que continuer notre route, laissant derrière nous une vague d'inquiétude. Questeur, bourreau, Chevalier ne se déplaçaient pas pour rien : pour qui venions-nous nous perdre, dans ces lieux ignorés de tous ? C'était la question, qui, informulée, brillait dans tous les yeux...

Une fois passés, les enfants reprenaient leurs jeux, humains, elfes, petits sorciers et sorcières ou métamorphes, peu importait, ils se poussaient avec des rires stridents, s'amusant sans se préoccuper ni de leurs origines ni de ce qu'ils étaient, unis par leur seule amitié.

Ici, la vie se déroulait comme ailleurs, les monstres, c'étaient nous, pas ces gens certes aux oreilles parfois pointues où aux pupilles étranges, non. En arrivant, j'avais cru avoir affaire à des tueurs dont l'inhumanité ne pouvait cacher que des êtres abjects. C'était peut-être vrai pour la poignée que nous poursuivions, mais le reste de cette population n'aspirait qu'à vivre dans une normalité qui me frappa de plein fouet. Pas besoin de dévisager Carl ou Renan, pour savoir que ces réflexions ne les touchaient pas. Sans doute en avaient-ils trop vu pour entretenir encore la moindre parcelle de naïveté ! Je venais d'un monde si préservé, je m'en apercevais à présent, entourée par ces hommes qui, bien trop tôt, avaient dû affronter les traumatismes d'une guerre. Je savais que Renan gardait de lourds souvenirs de la traversée de la Verte Cépée, quels étaient-ils, je n'en savais rien. Sans doute ne me confierait-il jamais rien des atrocités qu'il avait vécues aux côtés de son Chevalier, les gardant murées dans un recoin de son âme.

Mon père, mon père biologique j'entends, aurait sans aucun doute eu une réponse à ce comportement et m'aurait étalé mille sources scientifiques parlant de ce sujet, comme si les hommes n'étaient que des sujets d'études. Finalement, j'étais plus à ma place dans cet univers, certes rude, mais où certains mots avaient encore une vraie signification, tels l'honneur et l'humanité.

CE SOIR-LÀ, c'était sous une pluie molle que nous avions établi le camp dans une vague clairière. L'automne, sous ces latitudes, n'avait rien de très jouissif, c'était du moins ce que je bougonnais à mi-voix sous ma tente, en entendant les gouttes frapper la toile.

— Purée, ça vend pas du rêve par ici !

J'hésitai à sortir, mais poussée par un besoin urgent et naturel, je repoussai la toile fermant l'entrée de ma tente et, grommelant après mes envies de pisser en pleine nuit, je remontai frileusement le col de ma longue veste et m'éloignai sans bruit du camp. Je contournai un garde et disparus dans l'épaisse futée.

Sous les arbres, la pluie n'était plus qu'un murmure confidentiel. Je bâillai, poussai un soupir et m'apprêtai à déboucler mon pantalon lorsqu'un bruit me fit réagir. Une main m'agrippa, mais mue par un réflexe issu de tant d'années d'entraînement, je pivotai et d'un mouvement de hanches, me libérai de la poigne. Je perçus un juron, alors que d'autres mains cherchaient à s'emparer de moi. Je résistais. Activant instinctivement ma rune de force, tandis que mon mot de pouvoir s'embrasait sur ma poitrine. Au jugé, j'attrapai des bras, des poignets, concentrée, veillant à rester insaisissable.

« Sois l'eau » disait mon sensei. Cette nuit, je m'efforçais de l'être, de couler, fluide entre les mains de ces inconnus. Parant les coups, veillant à conserver mon calme, déséquilibrant des corps massifs que leur énergie cinétique m'aidait à projeter au sol. Plus que jamais ces mouvements, tant et tant de fois, répétés, allaient me servir, me sauver…

J'ai donné tout ce que j'avais, mais soudain, un choc violent sur la tête m'a étourdie. J'ai chancelé avant de m'effondrer dans une obscurité opaque. Je n'ai rien senti. Rien vu. Rien perçu. Perdue dans des limbes dont je fus tirée par un autre coup.

Hébétée, du sang coulant dans mes yeux et le crâne si douloureux que je croyais avoir Big Ben qui sonnait dans ma tête, je repris connaissance, sans savoir où j'étais. Je tentai de me relever, mais ce fut à cet instant que je remarquai que j'étais attachée. Un gémissement, rage et surprise, m'échappa, tandis que je tirais sur les cordes qui me liaient les poignets dans le dos.

— Putain d'bordel ! grinçais-je, prise d'une colère qui allait *crescendo*.

Une longue paire de jambes se planta devant moi, en plein dans mon champ visuel réduis par le sang que je ne pouvais pas essuyer et qui, coulant sur mon visage, limitait ma vue.

— Eh pas d'ça ! laissa tomber une voix, qui m'était inconnue.

Je relevai la tête, croisant un regard sombre que je ne connaissais pas.

— Qui êtes-vous ? lâchai-je d'un ton énervé, chaque mot me coûtant au vu de l'état de mon crâne.

L'autre éclata d'un rire sans joie, avant de s'exclamer, prenant je-ne-sais-qui à témoin. Ainsi il n'était pas seul, notais-je aussitôt.

— Tu ne sais pas qui nous sommes ? Mais tu es vraiment idiote !

Il se pencha vers moi, glissant à mon oreille, tandis que son haleine immonde me donnait une brusque nausée.

— Nous sommes ceux qui ont débarrassé le monde du Boucher des Purges, ceux qui ont tué ton père, Lou-Anne de Malandre !

Tiens, ils savaient qui j'étais, ça, c'était une surprise, le reste ne l'était pas, bien sûr.

— Tu sembles étonnée, oui la rumeur que la fille du Boucher parcourt nos bois est parvenue jusqu'à nous… Que croyais-tu ?

Je ne répondis rien, déjà parce que je n'avais rien à dire là-dessus, ensuite parce que je préférais m'économiser. Au vu de l'état de ma tête, c'était encore le mieux que je puisse faire.

Je songeai que Renan allait me passer une sacrée fumée lorsqu'il me retrouverait, et il aurait raison ! Cette pensée me fit sourire.

— Ça te fait rigoler ? glapit l'autre, me remémorant du même coup, sa présence.

Il me souleva à demi, me faisant grimacer de douleur, avant de me laisser à nouveau tomber dans la boue qui, par chance, amortit ma chute.

— Fouillez-la, ordonna-t-il d'un ton sec, comme s'il ne voulait pas me toucher plus, mon contact le répugnait ou bien l'effrayait-il ?

Je fus ballottée entre des mains brutales qui m'enlevèrent ma ceinture et mon livre de Justice ; mes armes, couteau et arbalète ayant déjà disparu je-ne-sais-où. Mes poches furent retournées, et chaque menu objet me fut arraché dans des cris de victoire. Comme si dépouiller une femme attachée était un acte requérant un immense courage. L'un posa sa main sur la clef que je portais nuit et jour autour du cou, celle qui unifiait tout ce que j'étais, passé et présent confondu. Il retira ses doigts dans un cri de douleur, brûlé par un choc de magie pure.

Pas plus que mon sceau, on ne pouvait m'enlever ce bouclier.

Je leur retournai un sourire narquois.

— Vous avez tort, vous avez déjà eu tort de vous en prendre à un Chevalier, et aujourd'hui vous cumulez encore les mauvaises décisions… Porter la main sur un Questeur est vraiment, j'appuyai sur ce mot, la dernière des choses à faire ! À moins d'être suicidaire et espérer mourir dans d'atroces souffrances, bien évidemment !

Une claque me fit tomber dans la boue, m'ébranlant toute la mâchoire. Décidément, ils prenaient ma tête un peu trop pour un punching-ball ! Sonnée, je restai étendue-là, le visage dans la fange. On me redressa, tandis que pantelante, je tenais à peine assise.

— Tu vas voir, qui de nous deux va le plus souffrir, susurra celui qui semblait être le chef de mes agresseurs.

Une corde fut attachée à chacun de mes poignets, avant que celle qui les liait ne soit tranchée. Je tentai de me débattre, mais j'étais beaucoup trop affaiblie pour ça. Je fus hissée, suspendue les bras en croix entre deux arbres. La douleur me coupa le souffle, et je manquais m'évanouir. La pluie, tombant sur mon visage, me garda plus ou moins consciente.

Dans un état second, je revoyais le soleil éclatant de Marseille, le bleu d'azur des calanques se superposant au gris de l'océan, semblable aux yeux de Renan. Il me semblait sentir sa courte barbe frôler mon visage, alors que le cœur battant je tentais de retenir cette hallucination. Sans pouvoir m'en empêcher, je l'appelais d'une voix inaudible, terrifiée non pas de mourir là, en cette minute, mais de partir sans avoir eu la possibilité de nous réconcilier. Cette idée m'était si intolérable, que je me mis à crier son nom, de plus en plus fort.

— Vas-y, gueule tant que tu veux, là où tu es, personne ne peut t'entendre, hormis nous, le peuple de la forêt !

Enfin, fatigue et souffrances conjuguées, je vacillai au bord de l'inconscience, lorsqu'un souffle à peine suivi par quelques cris, des bruits rugueux de chutes, puis des bras solides qui me soutenaient, me tirèrent du néant vers lequel je plongeai.

Cordes et liens furent coupés, et je m'effondrais contre un torse puissant, ma tête s'appuyant sur une épaule couverte de cuir. Un soulagement m'inonda tout entière, et des larmes coulant sur mon visage sale, couvert de sang et de terre, je murmurais :

— Renan...

Une voix à l'accent plein des glaces du Nord, marmonna :

— Je ne suis pas ton Chevalier ! Je suis Narad de Sgurdun, Questeur, s'exclama mon sauveur, que je reconnaissais soudain : c'était lui qui m'avait fait passer ces fameux tests afin de déterminer, si oui ou non, j'étais un Questeur.

Que faisait-il là ? J'emportai cette question, sans pouvoir la formuler, l'entendant à peine affirmer « qu'il m'emmenait voir mon Chevalier ». Je m'évanouis sur cette pensée, rassurante, inespérée.

Lorsque je repris connaissance, j'étais allongée devant un feu, la nuit tombait. Il ne pleuvait plus, enfin. J'avais un mal de tête atroce et tout mon corps semblait être passé sous un bulldozer. Je tentai de me redresser, prise d'une angoisse subite : je devais fuir, retrouver le camp, retrouver Renan ! Je repoussai la couverture sous laquelle j'étais étendue et, affolée, tentai de me mettre debout.

Deux mains me rattrapèrent, cependant qu'une voix s'exclamait :

— Chut, tiens-toi tranquille, ma Louve... Tout va bien. Tu es en sécurité.

Avec difficulté je tournai la tête, reconnaissant Renan, mon Chevalier, qui me tenait serrée contre lui. Un soupir m'envahit et, sans pouvoir lutter, j'éclatai en sanglots bredouillant une suite ininterrompue de phrases, en français, qu'il était bien incapable de comprendre.

Tout ça n'avait pas été un rêve, Narad de Sgurdun m'avait bel et bien ramenée auprès de Renan !

Il resserra son étreinte, murmurant de sa voix rude, en cet instant pleine de tendresse :

— Tout va bien, ma Louve, tout va bien...

Il m'obligea à me rallonger, puis une main, élégante, me tendit un bol empli d'un liquide odorant.

— Bois ça, Lou-Anne, ça va te faire du bien, chuchota Carl avec une grande douceur.

Je m'efforçai d'avaler quelques gorgées brûlantes, tandis que Baveux essuyait mes larmes d'un seul coup de langue. Renan le repoussa dans un juron, me faisant sourire malgré moi. Tout était à nouveau normal !

La tisane, où je ne sais trop ce que c'était, calma presque miraculeusement mes multiples douleurs, dont l'atroce migraine qui encerclait mon crâne. Ma vision s'éclaircit et je pus me tenir assise sans chanceler. Je remerciai Carl d'un sourire, tendis la main vers la tête de dinosaure de Baveux, et croisai le regard gris d'inquiétude de Renan. J'effleurai son visage en murmurant :

— C'est bon, je vais bien !

Il agrippa ma main, déposa un baiser dans le creux de ma paume, avant d'éclater, les mâchoires crispées de colère :

— Tu es complètement folle ! T'éloigner en pleine nuit ! avant de lancer une kyrielle d'interjections en Darvar, dont je préférai ne pas saisir le sens.

Il était vraiment furieux, mais c'était si attendu, que j'éclatai de rire, sans pouvoir m'en empêcher. Puis, sans même réfléchir, j'enroulai mes bras autour de son cou, et lui clouai la bouche d'un baiser, tout en murmurant :

— Moi aussi, je t'aime !

Pris de court, il hésita entre me rouer de coups ou me serrer dans ses bras. La voix sèche de Narad de Sgurdun le tira bienheureusement de cette dualité.

— Eh bien, te voilà de retour parmi nous, Lou-Anne de Malandre !

Dans un froissement de cuir et d'acier, Renan se releva, cependant que l'imposant Questeur prenait place à côté de moi. Il était toujours aussi effrayant que dans mes souvenirs, voire plus encore !

— Tu t'es lancée dans une sacrée Queste, pour une première ! Peu de Questeurs expérimentés iraient arpenter ces forêts et toi, tu t'y précipites…

Je me redressai, le sang battant à mes tempes.

— Et vous alors, que faites-vous ici ?

Il éclata d'un rire ressemblant à un éboulement, et rétorqua :

— Lorsque je t'ai vue la première fois, j'ai failli rebrousser chemin : qu'est-ce qu'on voulait faire un Questeur d'une demi-pétoncle ?

Je serrai les dents, blindée pourtant quant aux qualificatifs désobligeants venant d'un Darvar ! Je le laissai poursuivre, sans répondre.

— Pourtant jamais je ne me serais plus trompé de toute ma vie : tu as un courage que beaucoup pourraient t'envier !

— Ou de l'inconscience, grommela Renan qui rajouta une bûche dans le feu, tout en me dardant un regard encore furibond.

— Courage ou témérité, le débat est vaste, mais vous savez ça mieux que personne, Capitaine, n'est-ce pas ?

Renan ne répondit rien, se contentant de renvoyer un regard glacé au Questeur.

— Et pour répondre à ta question, je suis un nomade, je l'ai toujours été, je vais là où ma Queste m'appelle. Aujourd'hui, c'était ici. Je vais te laisser, tu n'as plus besoin de mon aide, tu as autour de toi tous ceux dont tu as besoin. Savoir fédérer est aussi un don, jeune Questrice…

Son visage âpre, barré d'une cicatrice, s'éclaira une fraction de seconde, puis il se redressa et, saluant Renan à la manière Darvar, il glissa :

— Veillez sur elle, Chevalier !

Tremblotante, je me levai.

— Questeur ! Restez ! Vous savez que nous allons droit dans la gueule du loup, alors aidez-nous !

Narad de Sgurdun se retourna, me jaugeant d'un regard perçant :

— Tu ne te sens pas à la hauteur ?

Je réprimai un mouvement de colère.

— Non ! Ce n'est pas ça ! Mais je refuse qu'il y ait encore plus de morts, sous prétexte de Justice. Ces soldats m'ont suivie jusqu'ici, et je voudrais qu'ils puissent rentrer chez eux…

— Tu es étonnante, jeune Questrice…

Il parut réfléchir, sembla peser le pour et le contre de conditions qui m'échappaient, lorsqu'il lâcha finalement :

— D'accord, je vais vous prêter main-forte.

L A NUIT était tombée. Allongée sous ma tente, je m'endormis à demi assommée par la tisane dont Carl m'avait gavée toute la soirée. Je ne sais pas trop ce qu'il y avait là-dedans, mais c'était du lourd ! Baveux se répandit sur mes pieds, flaque de poils qui me rassura.

Je me réveillai en sursaut, tirée du sommeil par un bruit, un cauchemar, qui me laissa les idées confuses, palpitante et effrayée. Baveux redressa une tête endormie, se demandant ce qui me prenait. Tremblante, je le repoussai, tout en essayant de me mettre debout.

La tête lourde, épuisée, aux bords des larmes, je vacillai jusque dehors, me tenant à Baveux afin de ne pas tomber. Un froid vif me cueillit, me faisant frissonner dans ma simple chemise. Le feu de camp se mourrait, surveillé par un garde qui se redressa en me voyant. L'air glacé s'enroulait autour de mes jambes nues, me faisant claquer des dents, se répercutant dans ma tête douloureuse. Du regard j'interrogeai le garde qui, d'un mouvement du menton me désigna un tipi, planté au milieu des autres.

Toujours cramponnée au molosse, je titubai jusqu'à la tente et, repoussant la toile qui en fermait l'entrée, je me glissai à l'intérieur. Baveux me suivit. Sans plus s'en faire, il s'écroula avec un soupir satisfait sur un tapis de selle en peau de mouton. Dans la pénombre, je distinguai les traits rudes du dormeur et, sans même plus réfléchir, je me coulai contre lui, me lovant dans la chaleur de son corps, comme avant...

Son léger ronflement était une musique exaspérante qui m'avait tant manqué. J'appuyai ma tête contre son épaule, et sombrai dans un sommeil réparateur tandis que son bras s'enroulait autour de moi, dans une tendre habitude.

LORSQUE je me réveillai, le lendemain matin, j'allais mieux, même si c'était toujours le Metalfest dans ma tête. De Renan, pas de trace, c'était à prévoir. Un soupir m'échappa. Me voyant réveillée, Baveux rampa vers moi tel un bébé T-Rex, et m'octroya en moins d'une minute l'équivalent de dix ans de bisous dans la vie moyenne d'une personne. Je le caressai, retrouvant du même coup le sourire.

Posés en pile impeccable sur la selle de Téméraire, mes vêtements étaient là, propres, nettoyés, pliés et, par-dessus, en évidence, ma ceinture et mon livre de Justice. À côté, mes bottes, cirées à la perfection, brillaient dans un pâle rayon de soleil. L'émotion qui me serra la gorge, me fit du même coup monter les larmes aux yeux. En flageolant, je me mis debout et m'habillai avec maladresse, le corps encore douloureux. Mais peu importait ! C'est avec un infini soulagement que je ceignis ma ceinture et retrouvai le poids si peu anodin de ma charge de Justice. J'enfilai mes bottes et, repoussant la toile de l'entrée, je sortis dans une aube frisquette. Frissonnant dans la fraîcheur de ce petit matin, Baveux sur les talons, je me dirigeai vers le feu où les hommes discutaient et mangeaient.

Sans un mot, Renan me tendit un bol de cette polenta épicé qui est leur ration habituelle, mais avant que je puisse dire quoi que ce soit, il se détournait déjà. Je crispai les dents et ma migraine augmenta. À cet instant Carl s'avança. Dans un sourire, il murmura :

— Assieds-toi et bois ça. D'une main, il me força à m'installer sur un rocher chauffé par le feu, et à ingurgiter encore de sa potion. Il va falloir que je refasse ton bandage, ajouta-t-il dans un froncement de sourcil, avant d'éclater de rire. Tu te rends compte que je soigne plus que ce que je n'exerce ma réelle pratique, hein ?

Je me brûlai la gorge avec la tisane, mais elle dilua presque instantanément ma migraine tout en me redonnant un brin de tonicité. Je relevai la tête et, croisant son regard sombre, je maugréai.

— C'est bon, pas la peine de te donner cette peine Carl, je vais bien…

De manière inattendue, il fut pris d'un rire qui me laissa pantoise : qu'est-ce qu'il y avait de drôle là-dedans ? Je lui lançai un regard noir et, reprenant le contrôle de lui-même, il s'exclama :

— Tu es aussi têtue que ton Capitaine, et tu ne le réalises même pas !

Renan le considéra les sourcils froncés au-dessus de son regard gris, trop impassible pour que ce soit de bon augure. Mais de ça, Carl s'en fichait, évidemment. D'un ton soudain plein de regret, il ajouta :

— Vous faites vraiment la paire !

Je croisai le regard de Renan et, sans le vouloir, je me mis aussi à rire. Il n'avait pas tout à fait tort ! Réprimant un sourire, il leva les yeux au ciel et, s'adressant à Carl, il jeta d'un ton sec :

— Maître de Lame, dites-nous plutôt si elle est en état de voyager !

— Je vais très bien, t'inquiète ! Je sais qu'on a des contraintes de temps, donc ne t'en fais pas pour moi !

— Qu'est-ce que je disais ! s'exclama Carl avec exaspération, tout en dénouant la bande qui entourait mon crâne, bien mis à mal.

J'essayai de tâter afin d'évaluer les dégâts, mais il repoussa ma main d'un geste sec.

— Tu es au courant des sanies que tu véhicules sur tes doigts ? Alors ne va pas contaminer ta plaie !

Avec une précision que bien des chirurgiens lui auraient enviée, il nettoya et banda à nouveau ma blessure.

— Je t'ai recousue et comme tu as le crâne dur, Lou-Anne de Malandre, tu iras très bien dans quelques jours. En attendant, tu vas boire de cette potion !

De loin, Narad de Sgurdun observait la scène d'un œil impavide.

Sur un ordre beuglé par leur Capitaine, les soldats filèrent démonter le camp, panser les mules et ranger tout le matériel. Une heure plus tard, nous étions partis. Je dodelinais au pas de Boutade, ma tête douloureuse confite dans un halo cotonneux. Un soleil timide repoussait les nuages, séchait la forêt sans pourtant réchauffer l'air. Plus nous nous enfoncions dans ces bois obscurs, moins nous croisions de population, et plus l'impression d'une nature sauvage devenait oppressante.

Comme toujours, je devais être la seule à avoir ces impressions et réflexions ! Renan chevauchait à ma droite, taciturne, sans livrer le fond de ses pensées, les cachant comme d'habitude sous un masque impassible. À ma gauche allait Carl, moins taiseux certes, mais si passionné par tout ce qu'il voyait qu'il en était épuisant ! Il s'émerveillait du chant d'un oiseau, d'une fleur tardive ou de touffes misérables d'arbustes longeant le chemin. À mi-voix, il enjoignait à son aide à ramasser une plume tombée au sol, une fleur délicate ou bien encore des graines en haricots, qu'il contemplait avec un émerveillement exténuant.

— Lou-Anne, regarde ! Des plantes à piques ! À cause de la guerre, l'espèce est totalement éteinte de nos jours dans le duché des Blanches Falaises ! Je ne croyais jamais pouvoir en retrouver ! Tu te rends compte !

Sa joie de botaniste amateur me faisait à la fois sourire tout autant qu'elle me vrillait le crâne. À choisir, Renan était plus reposant ! Au milieu de tout ça, Narad de Sgurdun observait, ne disait rien, sans plus d'expression sur le visage que n'en avait Renan. Ah, les Darvars comme l'aurait dit très à propos Sir Robert !

PLUS nous nous enfoncions dans la forêt, plus elle devenait épaisse, une sorte d'Amazonie non pas tropicale, mais composée de chênes et de hêtres. Les chemins étaient de plus en plus étroits, difficiles, et souvent nous ne pouvions que progresser en file indienne. Dans ces moments, Renan envoyait Baveux en avant, son flair permettant de détecter à coup sûr, un éventuel danger. Quant à lui, chevauchant son énorme Téméraire il allait en tête de notre colonne, suivi par Narad de Sgurdun. Les deux Darvars, l'œil aux aguets, avaient bien conscience de la précarité de notre mince troupe et de l'aisance d'une embuscade. Chaque arbre pouvait dissimuler un rebelle...

Ils se fiaient pourtant à leurs sens et, sans ralentir, nous entraînaient toujours plus profond dans ces bois. Enfin, au matin du troisième jour, alors que nos nerfs commençaient à s'user, surtout pour moi, puisque je me surprenais à surréagir au moindre bruit, le chemin s'élargit et déboucha sur une clairière. Au centre, se tenait un village de maisons en bois et adobe, serrées les unes contre les autres, toutes ramassées au pied d'un arbre immense qui dépassait de sa cime imposante le reste de la canopée.

Renan fit signe de s'arrêter en lisière de la forêt. D'un regard circonspect il observa les environs, puis, chacun arme et bouclier à la main, nous avancèrent vers les habitations. Tout paraissait d'un calme désertique un peu trop criant. Baveux trotta la truffe au vent, sans s'émouvoir. Tout était vraiment aussi vide qu'il le semblait ?

Je frissonnais sans pouvoir m'en empêcher, le regard fixé sur le dos de Renan, m'en remettant en entier à sa science militaire et sa stratégie. Sur ce point-là, et bien d'autres, je ne pouvais pas rivaliser !

Il ne fallut que quelques minutes, à peine, afin de fouiller toutes les maisons. Ce fut vite fait : le village était vide. Un silence surréaliste flottait, et chacun de nos gestes semblait le déchirer.

— Ils se sont enfuis, Capitaine, grogna le sergent en s'adressant à Renan.

— On devrait aller regarder cet arbre de plus près, avant de sauter aux conclusions, m'exclamaisje à mi-voix, tout en désignant le végétal, énorme, qui tenait le centre de la place.

Renan me renvoya un coup d'œil suspicieux, comme si j'étais devenue soit débile soit... soit euh débile !

— Quel arbre ? De quoi parles-tu ? gronda-t-il d'un ton excédé.

— Ben, celui-là ! retorquais-je tout en tapotant le tronc aux proportions vertigineuses.

— Tu es certaine que ça va ? Non, parce qu'il n'y a pas le moindre arbre là... rétorqua-t-il, en me dévisageant, les sourcils froncés sur un énervement qui faisait place à une vague inquiétude.

Narad de Surgdun, me poussa soudain d'un redoutable coup de coude.

— Il ne le voit pas..., d'une manière ou d'une autre, cet arbre est protégé par un sort auquel nous ne sommes pas sensibles.

J'effleurai ma clef pendue autour de mon cou et approuvai d'un mouvement de la tête. J'attrapai Renan par le bras, l'obligeant à me regarder droit dans les yeux.

— Renan, écoute-moi ! Nous allons visiter cet arbre avec Narad, toi et tes hommes, vous restez là !

Il voulut ouvrir la bouche afin de me dire sans aucun doute, que j'étais folle, mais je le coupai :

— Tais-toi ! Surtout, fais attention !

Puis, à la suite de l'imposant Questeur, nous longeâmes le tronc et tombâmes presque immédiatement sur un escalier grimpant en colimaçon dans un enlacement naturel. Narad dégaina une longue épée au pommeau noir qui jeta un éclat meurtrier qui me glaça. Je n'en montrai toutefois rien, sortant de mon côté mon arbalète et, ainsi armés, nous commençâmes notre ascension. Les marches en bois grinçaient sous le poids de Narad, tandis que, restés en bas, les hommes s'étaient resserrés autour de la place centrale. Ils considéraient l'environnement avec nervosité, alors que Baveux, assis avec flegme, bâillait de toutes ses babines. Lui, en revanche, ne se laissait démonter par rien !

Un peu rassurée, j'emboîtais le pas à Narad qui grimpait sans se préoccuper de savoir si je le suivais ou pas. Un « ah les Darvars » me titilla, mais je préférai garder mon souffle pour monter ! L'escalier semblait sans fin. Plus nous nous élevions, plus l'arbre s'avérait grand et massif ! Enfin nous parvînmes aux premières branches. L'escalier se divisa soudain en diverses passerelles qui partaient vers des maisonnettes qu'on distinguait à peine au milieu des feuilles.

Il ne fallut qu'un coup d'œil pour que, resserrant nos mains sur nos armes, nous commençâmes à faire le tour des habitations. Tant d'heures passées à s'entraîner ne devaient pas être pour rien, puisque ces réflexes travaillés auparavant, dans cette vie où j'étais cette gendarme française, me servirent à cette seconde. Sans avoir besoin de réfléchir, mon corps agit, même si mon arme de service était aujourd'hui une arbalète…

Pousser une porte du pied, faire le tour de la pièce d'un coup d'œil, constater que l'intérieur était vide, ne prenait que quelques secondes. Sans avoir besoin de parler, nous agissions, Narad de Surgdun et moi, en totale synchronisation, concentrés et efficaces. Nous reprîmes notre ascension, poursuivant cette vérification minutieuse pour chaque maisonnette que nous trouvions. Le village était peut-être plus étendu sur ces hauteurs, qu'il pouvait l'être au sol !

L'arbre s'élançait avec vigueur au-dessus de la canopée, surpassant tous les autres. Quelle était donc cette espèce ? Un séquoia ? Non, sans doute pas, ses branches s'étendaient en longs rameaux alors que les séquoias, si mes souvenirs étaient exacts, s'étiraient en droite ligne vers le ciel. Il faudrait que je demande à Carl, il saurait répondre à cette interrogation, je pouvais en être certaine !

Enfin nous parvînmes au sommet, du moins l'escalier n'allait-il pas plus haut. Une porte voûtée en terminait l'ascension. Narad tenta de l'ouvrir, mais peine perdue, elle était bloquée ou fermée à double tours. Il m'enjoignit d'un simple regard, à me mettre en retrait avant que, d'un coup de pied, il la pulvérise. J'étais effarée. Sans doute n'était-ce pas la première porte récalcitrante qu'il croisait dans sa longue carrière ! Le vantail s'ouvrit dans un craquement de bois sec. Narad s'avança avec circonspection, son épée à la main. Je le suivis, prête à décocher un carreau, l'esprit tendu. Nous entrâmes dans une salle aux vastes proportions, ce qui déjà était en soi stupéfiant mais, massée en son centre, nous retournant des regards terrifiés, une centaine de personnes, plus peut-être, comment évaluer ? Ils se tenaient là, tremblants de peur, les yeux agrandis de terreur.

Narad ne rengaina pas son épée, même pas lorsqu'il constata que devant nous ne se tenaient que des femmes et des enfants, apeurés et sans défense. D'un ton sec, dans un Commun qui roulait en éboulis, il lança :

— Qui êtes-vous ? Que faites-vous ici ?

Une femme entre deux âges, tenant une fillette dans les bras, s'exclama d'un ton empli d'autant de peur que de colère :

— Et vous ? Que nous voulez-vous ?

— Je suis Narad de Surgdun et voici Lou-Anne de Malandre, nous sommes des Questeurs. Et vous qui êtes-vous ?

Le regard brun de la femme passa de nos livres de Justice, de nos armes à mon visage, presque choquée à l'évocation de mon nom. D'une voix tremblante, elle balbutia :

— Nous sommes les habitants de ce village...

— Il n'y a que des femmes et des enfants ici, où sont les hommes ? gronda Narad, sans détour.

Personne ne répondit, seul un silence épais lui fut opposé.

Remettant son épée au fourreau, il haussa une épaule dédaigneuse.

— Ils sont là, en bas dans la forêt et s'ingénient à faire un sort d'illusion. C'est une perte de temps, nous les trouverons de toute façon.

Les femmes commencèrent à gémir, à pleurer, nous dévisageant comme si nous étions la personnification du mal absolu ! Heureusement, mon service de gendarme m'avait blindée de ce côté-là !

Sans plus leur accorder d'importance, nous les avons laissés là, et avons commencé la descente vertigineuse. Je me demandais une seconde, comment les enfants et les vieillards faisaient afin de grimper tout là-haut, mais ce n'était pas mon problème. Tandis que nous dégringolions en veillant à ne pas louper une marche, des cris et des bruits caractéristiques d'une bataille, montèrent jusqu'à nous. Échangeant un regard inquiet, nous accélérâmes l'allure. Moins d'une minute plus tard nous touchions le sol, stupéfaits par ce qui se déroulait sous nos yeux : les Darvars, fous furieux, se battaient entre eux !

Sans réfléchir, je me précipitai vers Renan qui faisait face à son propre sergent !

— Renan ! Arrête !

Il tourna la tête vers moi. Je crus une fraction de seconde qu'il m'avait reconnue, mais levant son épée, il m'attaqua à mon tour. Je ne dus ma survie qu'à mes réflexes. J'esquivai dans un roulé-boulé, me relevant aussitôt, effarée.

— Renan ! hurlais-je, à la fois effrayée et en colère.

Pendant ce temps, sans doute plus efficace que moi, Narad prit le sergent par surprise et d'un coup du pommeau de son épée, il l'assomma net. C'était peut-être la meilleure méthode, en effet !

Il me lança un coup d'œil, en s'exclamant :

— Je vais chercher leurs cercles de magie ; toi, veille à ce qu'ils ne s'entre-tuent pas.

Puis il disparut en trois foulées dans la forêt, me laissant seule aux prises avec ces furieux qui ne semblaient plus rien reconnaître. Dans quelle illusion vivaient-ils ? Je n'eus pas le loisir de supputer plus loin sur le sujet, Renan s'avançait vers moi, immense et terrifiant, les mâchoires serrées sur une détermination qui ne faisait pas de doute quant à l'issue d'un combat entre lui et moi.

— Renan…, l'appelai-je à nouveau, consciente pourtant qu'il ne m'entendait pas.

Je n'avais rien pour me défendre, hors mon arbalète, et je n'allais quand même pas le truffer de carreaux ! Je la dégainai néanmoins au moment où il m'attaquait, parant avec mon arme, évitant le coup. Je reculai, affolée, me demandant comment le sortir de là et comment ne pas y laisser ma peau au passage ! Je respirai un grand coup, activai ma rune de force et, tandis que mon mot de pouvoir m'insufflait le courage nécessaire, je pivotai à mon tour et attaquai le Chevalier. J'étais plus légère que lui, je devais profiter de cet avantage. Esquivant ses coups d'épées, je me retournai et, sans qu'il ne puisse rien y faire, lui assénai un violent choc sur le côté de la tête à l'aide de mon arbalète. Il tituba un dixième de seconde, à la fois surpris et sonné. J'en profitai afin de le déséquilibrer et l'envoyer au sol. Il s'écroula dans un bruit sourd de titan agonisant, laissant échapper un juron alors que, d'un coup de pied, je le désarmais, envoyant son épée au loin. Dans le même mouvement je bondissais sur lui et, sans préméditer quoi que ce soit, beaucoup trop effrayée pour ça, je posais mes lèvres sur les siennes, tentant par un geste incongru de le ramener à la réalité. J'avais été assez bercée toute mon enfance par Disney et autres contes de fées stupides, où tout se résout par un baiser ! Ça ne pouvait que marcher !

Je tentai de faire passer tous mes sentiments pour lui dans ce simple contact, car oui, je l'aime, même si ma colère prend encore trop de place dans mon cœur... Stupéfait, il resta saisi, avant de m'envoyer bouler d'un seul mouvement. Je retombai dans la poussière, ma tête déjà bien malmenée les jours précédant, heurtant durement le sol. À demi groggy, je n'eus pas la force de me relever. Déjà il était sur moi, sa dague effilée à la main. Il me saisit à la gorge, m'étranglant presque avec son gantelet. Approchant sa dague de mon œil gauche, il gronda :

— Qui es-tu ?

En larme, presque étouffée, je sanglotai :

— Renan, c'est moi ! Lou-Anne ! Arrête !

— Lou-Anne, répéta-t-il, incrédule, mais retenant sa main.

Ses doigts autour de mon cou se desserrèrent imperceptiblement. Je murmurai, en larmes :

— Oui, Lou-Anne !

Il se redressa, me tenant toujours sous lui, sans que je puisse bouger. Il cligna des paupières, grommelant d'un ton incrédule :

— Lou-Anne ?

— Oui ! Lâche-moi ! Tu crois que je suis un gobelin ?

Maintenant ses doigts autour de mon cou, il se pencha vers moi, plongeant son regard dans le mien, scrutant sans doute jusqu'aux tréfonds de mon âme au travers de mes yeux, hagards.

D'une détente, il se redressa, se remettant debout avec cette souplesse toujours impressionnante pour un homme de sa stature. Il rengaina sa dague, ramassa son épée, avant de me lancer, toujours étendue dans la poussière.

— Tu es complètement folle, j'ai manqué te tuer !

Je me ramassai comme je pouvais, la tête bourdonnante, alors que je sentais un filet de sang couler dans ma nuque. Je grimaçai.

— Ça, j'avais remarqué...

Il me tendit une main, m'aidant à me remettre sur pied. Il me retint contre lui, voulut dire un mot, faillit le faire, mais se contenta de gronder d'un ton sec :

— Qu'est-ce qui se passe ici ?

— Vous êtes victimes de sortilège d'illusion, comme pour l'arbre.

— Quel arbre ?

— Peu importe !

— Et toi ? Tu perçois toute la réalité ?

— Je suis une Questrice, je te l'ai déjà dit, la magie ne peut avoir de prise sur moi...

Il haussa une épaule, repoussant ses questions à plus tard. Il se contenta de jeter un coup d'œil à la scène chaotique qui se déroulait autour de nous. Seuls Baveux et Monsieur Caillou, effarés et inquiets, se tenaient dans un coin, ne sachant que faire. D'un geste il leur intima l'ordre de le rejoindre puis, d'un ton qui n'admettait aucune réplique, enfin encore moins que d'ordinaire, il jeta :

— Garde Caillou, tu vas assommer chacun de ces soldats, sans les tuer !

Saisi, Monsieur Caillou resta une seconde, stupéfait puis, de crainte que Renan lui beugle dessus, il partit exécuter sa mission. Après tout le capitaine devait savoir ce qu'il faisait !

Se tournant vers moi, Renan s'exclama :

— Et maintenant ?

— On doit trouver leurs cercles de magie et les arrêter.

— Parfait !

Dégainant son épée, il me fit signe de le suivre. Je m'assurai du bon fonctionnement de mon arbalète et, rassurée, lui emboîtai le pas. Derrière nous, Monsieur Caillou assumait avec zèle sa mission : les gardes tombaient comme des mouches sous ses poings ! Renan avait trouvé une solution pour contrecarrer les effets de la magie, à la fois inédite et efficace. Méthode à laquelle je n'aurais pas spontanément songé... Magie ou pas magie, les Darvars ne voyaient pas le monde comme tout un chacun !

Sans bruit, nous avons plongé dans la forêt, l'un suivant l'autre, nous protégeant mutuellement, tous nos sens aux aguets. Sa longue cape effleurait les branches des arbustes qui poussaient en touffes volubiles, dans chaque flaque de lumière laissée par les arbres. Le doigt sur la détente de mon arme, scrutant les profondeurs obscures de la forêt, je laissai les réflexes de mes entraînements prendre le pas, en même temps que l'adrénaline pulsait dans mon sang et que mon mot de pouvoir me brûlait.

Au bout d'un laps de temps incertain, Renan me fit signe de m'arrêter. Sans un mot, il désigna une direction, alors qu'il se dissimulait derrière le tronc d'un chêne. Plissant les yeux, j'aperçus un vague mouvement et, l'accompagnant, je discernai un murmure étrange.

D'un regard nous nous comprîmes. En quelques secondes nous nous étions coulés vers une minuscule clairière, au centre de laquelle se trouvait un groupe d'une dizaine de personnes. Formant un cercle parfait, ils se tenaient, leurs mains tendues devant eux, leurs doigts se touchant afin de permettre à l'énergie magique de circuler et s'amplifier. Une bonne moitié était des femmes, des sorcières reconnaissables à leurs chevelures rousses. Les yeux fermés, ils psalmodiaient non-stop.

Tapotant avec le plat de son épée, sur l'épaule du plus proche, Renan lâcha d'un ton glacial :

— Ça suffit !

L'homme, ou peu importe de ce qu'il était, sursauta, rompant le cercle, faisant hurler les autres.

— Taisez-vous, criais-je à mon tour, tout en les maintenant en joue. Vous êtes tous en état d'arrestation ! Jetez les armes que vous avez sur vous et mettez-vous à genoux, tous !

Ébahi, un vague flottement parcourut le groupe. L'un d'eux glissa sa main vers une hache, qui pendait à sa ceinture.

— Jette ça devant toi ! ordonnais-je d'un ton coupant, tout en le fixant en joue.

Il hésita un millième de seconde de trop. D'un seul mouvement, Renan le débarrassa de son arme et l'envoya à terre d'un coup de poing. L'homme brama de douleur, le visage dans ses mains, le sang coulant à travers ses doigts. Renan se désintéressa de lui, se tournant vers les autres, il les fustigea d'un regard plus froid que les glaces de son lointain pays :

— Vous voulez tous finir comme lui ? Non ? Alors obéissez à la Questrice ! Maintenant !

Tremblant ils s'exécutèrent, jetant des coups d'œil angoissés à leur ami et effrayés envers nous, enfin surtout envers Renan, ma capacité de terreur ne parvenant pas à sa cheville !

Quelques minutes plus tard, nous étions sur la place centrale du village, au pied de l'arbre, que tous pouvaient voir à présent. Narad était lui aussi revenu, s'étant acquitté de sa mission, sans que cela semble lui poser le moindre problème. La vingtaine de sorcières et autres pseudo-magiciens, ayant composé les deux cercles de magie, se tenait à genoux, les mains attachées dans le dos dans un silence de mort. Ils nous balançaient des regards lourds de haine et d'angoisse, dans une indifférence générale.

Ce fut à ce moment-là que les premières flèches se mirent à tomber. Monsieur Caillou intercepta celles qui me visaient spécialement, m'offrant un bouclier de son corps massif, sur lequel elles se fracassèrent. En devenant adulte, sa peau avait pris la consistance de la roche. Plus il vieillirait plus il ressemblerait à un minéral, jusqu'à en devenir un… Mais cela n'arriverait pas avant une bonne centaine d'années, voire plus !

Il râla sous les chocs, tout en murmurant :

— Ça va, Louve ?

Je lui retournai un sourire et, dégainant mon arbalète, abritée par sa solide carcasse, je repérai l'un des archets, installé dans un arbre situé à la lisière du bois. Je visai et tirai. Au cri suivi par un bruit de chute, je sus que j'avais touché ma cible. Ma vocation de snipeur s'affirmait et c'était presque dérangeant.

À cet instant, Renan fit un signe à son sergent. Aussitôt ce dernier saisit la corne qui pendait à son cou et, soufflant à l'intérieur, il en tira un son qui me vrilla les tympans. On entendit un remue-ménage de branches brisées, d'ordres beuglés, de cris variés, monter soudain depuis le tréfonds des futaies. Poussés par une troupe compacte de gardes portant les armes du roi Darvar, les rebelles furent forcés de reculer. Pris entre deux feux, ils déposèrent leurs armes, sans paraître comprendre ce qui se passait réellement. En quelques minutes, ils furent eux aussi ligotés et mis à genoux.

Un Chevalier, reconnaissable à sa longue cape blanche, s'approcha de Renan. Ils se saluèrent à la manière Darvar, satisfaits de la parfaite exécution de leur plan. Remisant mon arme à ma ceinture, je m'avançais vers eux.

Le Chevalier, énorme guerrier au visage tatoué de moitié, me salua avec respect.

— Commandant Vurt de Nutuar en charge de la garnison de la cité de Vallon Brave, à votre service Questrice.

Je lui rendis son salut tout en disant :

— Heureuse de vous voir, commandant, et que vous ayez répondu à ma demande !

— Le contraire m'eut déshonoré ! Ces faquins se sont élevés contre l'ordre et l'autorité royale, ils ont assassiné un héros... et vos désirs sont des ordres Questrice !

Je lançais un coup d'œil par en dessous à Renan : voilà le premier Darvar qui semblait autrement que furieux. C'était reposant ! Renan me renvoyant un regard goguenard avant de lâcher.

— Faudra que tu montres ta tête au druide, ta blessure s'est réouverte...

Je tâtais mon crâne du bout des doigts, les ramenant poisseux de sang. J'avais oublié ce détail !

D'un geste, le commandant appela l'un de ses subordonnés, pendant que je grommelais.

— Si tu n'avais pas tenté de me tuer, aussi...

L'homme à l'imposante barbe de père Noël se pencha vers moi, alors que Renan éclatait d'un rire railleur :

— Quand on a la taille d'un pet de goéland on ne va pas affronter un Chevalier !

Je levai les yeux au ciel, refusant de lui répondre et d'apporter un peu plus d'eau à son moulin. Par chance, le druide se penchait vers moi :

— Questrice, je vais devoir recoudre, certains points de votre contusion ont sauté...

LA NUIT est tombée, étonnamment paisible, en contraste avec les événements de ces derniers jours. Des feux sont allumés çà et là, chassant les ténèbres. Notre tâche n'est pas terminée, demain il nous faudra traverser à nouveau la Verte Cépée, retrouver la Trouée du Roi et rentrer à Vivefleur.

J'écris à la lueur du feu, en appui inconfortable sur mes genoux, je peux voir Renan en grande discussion avec l'autre Chevalier, le commandant de la garnison de cette ville située en lisière de la forêt, et donnant sur le duché des Padouans d'Or. À coup sûr ils se racontent leurs faits d'armes et autres souvenirs de batailles. En tout cas, ils descendent bières sur bières. Les réserves d'alcool du village ne survivront pas au passage des Darvars !

Plus loin, Narad de Surgdun aiguise son épée tout en discutant avec le druide. De quoi parlent-ils, ces deux-là ? De potions afin d'achever des créatures ? Mystère ! Un cri, suivi de gémissements vient troubler la quiétude de la nuit. Là-bas, je sais de quoi parle Carl… Ce soir, il a retrouvé sa pleine et entière vocation. Cela me fait frémir. Je suis bien la seule ! Les gardes semblent détendus, même s'ils restent aux aguets : aucune évasion ou tentative ne sera tolérée ! Les prisonniers n'en mènent pas large, mais je ne peux rien pour eux : ils ont enfreint tant de lois que rien ne pourra les sauver.

Les femmes et les enfants sont enfermés tout là-haut, dans l'arbre. Dès demain, ils accompagneront le détachement du Commandant et seront emmenés vers Vallon Brave. Le village sera rasé, sort commun réservé aux lieux de révolte et, cette nuit, Carl et son aide vont s'ingénier à déterminer qui, de tous ces gens, a participé au raid conduisant à la mort de Sir Robert. Ceux-là viendront avec nous et c'est aux portes de notre cité qu'aura lieu leur jugement. J'éprouve déjà des montées d'angoisse en songeant à ce moment, mais rien non plus ne peut changer le fait que je suis bel et bien une Questrice, que je le veuille ou non.

Monsieur Caillou se pose à mes côtés avec la grâce d'un tremblement de terre. Il jette un coup d'œil à mes notes, avant de me tendre un plat rempli de viandes.

— C'est du dindon, mange, c'est bon ! affirme-t-il en rongeant un os avec une jovialité que je lui envie.

Peut-être que mon appétit reviendra un jour, mais pour ce soir il est coupé pour de bon.

— Merci, mais j'ai déjà mangé.

Ce n'est pas vrai, mais je ne veux ni l'inquiéter ni le vexer. Il a l'air déçu puis, appelant Baveux, ils se partagent le plat à tous les deux, retrouvant le sourire.

LA PLUIE avait menacé toute la journée. Le ciel, couvert, charriait des nuages lourds qu'une rafale de vent emmenait soudain loin de Vivefleur. Le cœur aux prises d'une houle d'émotions diverses, je m'étais assise sur une touffe de sauge qui avait résisté aux premières gelées. Boutade était parti, plein d'espoir, à la recherche d'herbe ou de légumes qui auraient pu survivre à la saison qui s'avançait.

Je me tenais là, la tête appuyée contre le granite froid, imaginant que nous étions ensemble, comme avant, devant le feu qui craquait dans la cheminée de la Tour des baleines. Sir Robert n'était pas allongé à jamais sous cette dalle surmontée de son épée. Non ! Il était dans son fauteuil me faisant face, son visage âpre, portant les stigmates d'une vie sans clémence, s'éclairait pourtant d'un sourire, pendant que je lui narrais mes dernières aventures. Tybur, bougon, disposait devant nous des tasses d'une tisane brûlante, ronchonnant qu'avec l'hiver qui arrivait, je n'avais pas plus de cervelle qu'une écrelle pour partir baruler par les chemins !

Les larmes me montèrent aux yeux. Il me semblait les voir, entendre leurs voix, sentir même la chaleur du feu sur mon visage. Hélas ce n'était qu'une illusion. Ils me manquaient tant tous les deux, rien ne viendrait combler ce vide. Pas même la cérémonie qui avait eu lieu ce matin ne réparerait ce trou béant. J'étais à jamais orpheline.

La joue contre la froideur de la pierre, je soupirai, refoulant des larmes qui ne demandaient qu'à s'écouler en un torrent sans fin. Je préférai reprendre mon récit, parlant à Sir Robert comme nous l'avions toujours fait lorsque nous discutions tous les deux. Je m'évertuai à prononcer le Commun du mieux possible, afin que, où qu'il soit à présent, il comprenne combien tous ses efforts n'avaient pas été vains. Mon carnet à la main, je lui avais lu une partie de ma Queste en vue de retrouver ses assassins, ne manquait à mon récit que l'ultime chapitre, celui qui avait eu lieu ce matin même, celui de l'exécution. Je frissonnai, repoussant ce moment. Un vent venu de l'océan apporta une fraîcheur pleine de senteurs marine, alors que des mouettes se chamaillaient dans ses bourrasques. Finalement, d'une voix sourde, je me lançai :

« Nous sommes arrivés hier soir, j'étais si épuisée que je n'ai eu ni temps ni courage de venir ici, vous voir. Enfin, cela ne change pas grand-chose pour vous. Pour moi ça change tout, vous le savez ! J'aurais eu besoin que ce matin vous soyez là, j'ai fait de mon mieux et j'espère vous avoir fait honneur… Malgré la fatigue de cette longue traque, j'ai passé une partie de la nuit à nettoyer mes vêtements afin d'être rutilante pour cette occasion, et une autre à pleurer et méditer sur le pourquoi de la vie. Bref, à l'aube nous nous tenions tous devant la porte Est, celle qui donne sur la route en partance vers la Verte cépée, Renan, le Baron, tous deux en armures, leur cape blanche reposant sur la croupe de leur monture à la robe tout aussi immaculée. Je me tenais entre eux et, derrière nous, les gardes silencieux. Tout autour les curieux s'amassaient, même pas rebutés par l'heure ! À l'horizon, un soleil rouge se levait dans un embrasement sanglant. Puis Carl est apparu, montant l'une de ses imposantes juments noires, au profil de dinosaure. Il s'est planté en face de nous et, d'un geste, il a demandé à la foule de s'écarter. Encadrés par des gardes et maintenus par de longs attrape-coquins qui leur enserraient le cou, la douzaine de prisonniers s'avançait, suivant péniblement chaque aide-bourreau qui le tirait à demi. L'orange du coutil des prisonniers, le rouge de celui de la veste des bourreaux, des couleurs si joyeuses et pourtant…

» Ils furent disposés avec précision de part et d'autre de la route, à une distance de quatre mètres d'intervalle. Chaque bourreau tenait son prisonnier avec ses longues pinces, le maintenant à genoux dans l'herbe. Un silence se fit. Je savais que c'était à moi. La gorge sèche, j'ai fait avancer Boutade, pour une fois sage comme une image, peut-être ressentait-il ma tension ?

Puis j'ai énoncé, d'une voix que je voulais affirmée :

— Je suis Lou-Anne de Malandre des Champs de France, Questrice. Il y a quelques semaines, Sir Robert de Malandre a été assassiné, ainsi que Tybur et Jean-Jacques, son aide de camp et son fidèle destrier. Il était mon père, mais avant tout, il était un homme droit, un héros qui a tout donné afin de défendre son pays. La lâcheté d'un tel geste ne peut s'absoudre dans le mot vengeance. Aujourd'hui se tiennent devant vous les individus qui ont fomenté et mené cette atrocité. Nul n'est au-dessus des lois, nul ne peut se faire justice par lui-même ! Pour leur crime de meurtre avec préméditation, de crime en bande organisée, d'attaque d'un représentant du roi et de rébellion, c'est la mort. Je laisse à Maître de Lame le soin de l'application technique de cette sentence.

Puis j'ai fait signe à Carl qui, avec sa délicatesse coutumière, m'a retourné un sourire plein de douceur. C'était une telle opposition à la situation que, pour tout autre que moi, il pouvait paraître cruel. Je savais qu'il n'en était rien. Se redressant sur ses étriers, il laissa son regard sombre errer sur la foule, avant de s'écrier :

Vous avez tous entendu la Questrice, le verdict est tombé et, pour chacune de ces abjections, la mort est requise. Je ne peux pas leur administrer ce châtiment autant de fois que mérité, et je le regrette ! Alors ils n'en auront qu'un seul, mais exemplaire, un qui, dans cent ans, fera encore réfléchir les passants : ce matin le sang de ces scélérats va nourrir une plante à pique. Comme vous le savez tous, cette plante est en temps normal un petit arbuste donnant de chétives fleurs blanches. Cependant, nourrie de sang, elle se développe jusqu'à devenir un arbre aux fleurs écarlates. Dans cette configuration, sa pousse est des plus stupéfiantes : plus de trente centimètres à l'heure ! Quelle merveille naturelle, n'est-ce pas ? Ces criminels vont être incisés, oh, à peine, juste assez, afin que la graine qui se trouve juste sous eux, puisse germer. Cela ne prendra que quelques minutes. Les pousses vont ensuite grimper à la recherche de sang, s'en nourrir, croître au travers des corps, s'enfiler dans les os, les distendre et enfin créer ici une somptueuse allée verdoyante à l'ombre bienfaitrice qui, sans cesse, rappellera à celui qui empruntera cette route, combien la vengeance est mauvaise conseillère !

» D'un geste élégant, il a fait signe à ses aides et, comme dans un ballet, ils ont tous sorti un scalpel de leur veste et, dans un seul et même mouvement, incisé la cuisse de leur détenu. Ce fut si rapide, si efficace, que les prisonniers sursautèrent à peine. En quelques minutes, alors que leur sang s'écoulait sur la terre, une plante déroula ses feuilles tendres, tel un miracle de vie. Le reste, je ne tiens pas à en parler. Ce fut un long moment de cris, de sang, de membres arrachés et d'horreurs pures. Les branches se sont infiltrées au travers des os qui, à présent, se balancent dans la brise, c'est glaçant. Enfin, cette histoire est close. C'est tout ce qui compte. »

Enfin je me suis tue, refoulant la vision de l'exécution. Les yeux fermés, j'ai laissé le temps s'écouler. C'est le bruit sourd des battues d'un cheval, qui m'a sortie de ma torpeur, accompagné par celui d'un pas bruissant, du cliquetis de l'acier et du grincement du cuir. Renan se dressait devant la tombe de Sir Robert. Il me tendit une main, m'aidant à me mettre debout.

Sans m'accorder plus d'attention, il se tourna vers le Chevalier qui gisait là et s'adressa à lui d'une voix grave, dans sa langue qui m'était inconnue.

Je l'ai laissé dire adieu à celui qui était aussi son ami et qu'il admirait en tant qu'homme et Chevalier. J'ai fait quelques pas, me tenant face à l'océan, là où Sir Robert et moi nous avions tant de fois admiré l'infini bouillonnement des vagues. Une houle de tristesse et de nostalgie me submergea, tandis que des larmes que je ne pouvais retenir s'écoulaient sur mon visage, emportées par le vent.

Un chuchotis d'acier et de cuir me fit tourner la tête. Je croisai le regard empli de peine de Renan. D'un geste il essuya mes larmes, tandis que mon cœur se décrochait. D'une voix sourde, il murmura :

— C'est toi qui avais raison, ce n'était pas une vengeance, mais la Justice…

Je hochai la tête, sans pouvoir dire un mot, empêtrée dans trop de sentiments et d'émotions.

Nous sommes restés un moment l'un à côté de l'autre, alors qu'à nos pieds l'océan se jetait sur les rochers de la falaise et s'étalait sur la longue plage, en un renouvellement sans fin. Le ciel gris se reflétait sur l'océan et dans le regard de Renan.

Enfin, la gorge serrée, emmêlée dans trop de contradictions, je parvins à murmurer :

— J'ignore ce que l'avenir nous réserve, mais tu sais, c'est la force de ton souvenir, de ce que j'éprouve pour toi qui m'as permis de tenir dans la Citadelle des Questeurs. Sans toi, je ne serais pas revenue…

Il me considéra, sans mot dire, pourtant je pouvais lire son bouleversement dans l'infime froncement de ses sourcils et le mouvement réflexe de sa pomme d'Adam sous sa courte barbe.

Balbutiante, j'ai poursuivi :

— J'ai eu tort d'agir comme je l'ai fait, j'étais en colère, et cette colère c'est celle que j'éprouvais contre moi, pas contre toi… Je suis tellement désolée, je sais que rien ne pourra changer ce qui s'est passé mais, au moins, pouvons-nous rester amis ?

Il prit une longue inspiration, pendant que je le regardais, tendue, épuisée de chagrin et de doutes. Le vent se mêla à ses longs cheveux blonds alors que, se tournant vers moi, il lâchait avec une sorte de brutalité :

— Nous n'avons jamais été amis…

Mon cœur sembla cesser de battre à ces mots. Je chancelais. Dans un sourire qui dévoilait son âme, il ajouta :

— Nous sommes beaucoup plus que ça…

Au loin, les mouettes harcelaient un banc de morues alors que le ressac, lancinant, emportait ma détresse…

Dernières notes

L EST TARD, la bougie vacille et va finir par s'éteindre. Je profite de ces ultimes lueurs afin d'écrire encore quelques lignes avant de refermer ce carnet.

Baveux ronfle sur mes pieds, alors que le feu dans la cheminée n'est plus réduit qu'à l'état de quelques brandons. Tout semble avoir retrouvé sa place, même si je sais que c'est faux. Nous devons aller de l'avant, ou plutôt je dois apprendre à avancer seule, sans le soutien rassurant de Sir Robert. Ça ne sera pas facile, je le sais, mais quoi qu'il en soit j'ai trouvé ma place dans ce monde, ou plutôt dans l'univers, dirait Ambroisine.

Mes vêtements dissimulés dans le coffret sous le plancher ne sont plus que de vagues objets, et mon passé ne me définit plus. Je peux maintenant fixer le futur. Sir Robert a payé pour ses actes passés, ses assassins ont été jugés eux aussi, et je peux espérer que ce cercle de sang se soit enfin fermé pour de bon. Mes pensées frôlent le point Godwin, parce que oui, les actes de celui qui fut mon père furent certainement atroces… L'expérience de Milgram me revient en mémoire, et victime ou pas, cela ne peut que me rappeler, bien à propos, que rien n'est si simple. Nous sommes multiples et complexe ! Nous trébuchons, prenons de bonnes et de mauvaises décisions et, c'est cela aussi qui nous rend humains. Nous sommes en proie à la colère, à des émotions qui nous font perdre le contrôle, je le sais mieux que personne !

Je ne vais donc pas juger les actes de Sir Robert, qu'il repose à présent en paix. J'espère qu'il a enfin rejoint sa femme et sa fille. De mon côté je vais m'efforcer de fixer le futur sans trop tituber, tout en gardant le souvenir de l'affection de cet homme dans mon cœur.

Mon mot de pouvoir me picote, tandis que le regard gris de celui qui m'obsède prend toute la place qu'il mérite. Baveux ronfle un peu plus fort, me tirant un sourire. Il est temps que j'aille dormir et commencer, dès demain, à écrire un autre chapitre de ma vie…

Bucarest, février 2020

Remerciements

Ce tome 3 des aventures de Lou-Anne a été très difficile émotionnellement, pour moi, à écrire, c'est sans doute pour cela que j'ai tardé à le faire (my bad, oups) J'ai toujours beaucoup de difficultés à voir mourir mes personnages, à devoir les plonger dans des affres et des tourments... Hélas la vie n'épargne personne, même pas Lou-Anne ! En écrivant le synopsis de cette saga, je savais par avance que cet opus serait compliqué. Il l'a été. J'ai pleuré avec Lou-Anne, lui souhaitant des jours meilleurs... C'est bien tout le mal qu'on peut espérer pour elle dans les deux prochains tomes, mais qui peut savoir du futur !

Alors merci à vous lecteurs, merci d'être si patients, merci de soutenir Lou-Anne de tout votre cœur (elle en a besoin !) merci d'adhérer à cette étrange histoire de fantasy !

Merci à tous ceux qui, au quotidien, sont là, mon chéri évidemment, mes fils, mes poilus, ma maman toujours fidèle au poste de l'orthographe, Jeanne à celui de la mise en page et de la sérénité, Towani toujours prête pour composer une couverture époustouflante.

Merci aux copines auteures avec qui glousser et râler, aux blogueuses toujours présentes pour n'importe quelle aventure, du moment qu'elle se lit !

Merci à tous, sans vous non seulement je n'irais nulle part, mais en plus la vie serait bien moins sympa !

Comme vous le savez (ou pas !) vous pouvez retrouver tous mes écrits sur mon site auteure :

www.isabelle-morot-sir.com

Avant de vous laisser, encore un mot : n'hésitez pas à mettre des commentaires sur diverses plateformes en ligne (Babelio, Amazon, etc.) en effet, parler d'un livre, c'est le soutenir, c'est encourager un auteur, et c'est aussi contribuer à la pluralité éditoriale.

Alors n'hésitez pas : commentez !

Merci d'avance ☺

Isabelle Morot-Sir, République Tchèque.
www.isabelle-morot-sir.com
Texte protégé, toute reproduction réservée.
Couverture : Towani.
Mise en forme : Jeanne Sélène.
Fonts : Arial, UnZialish.
Imprimé via KDP.
Dépôt légal : deuxième trimestre 2020.
ISBN : 979-10-96202-79-9